바리스타는
왜
그 카페에
갔을까

바리스타는 왜 그 카페에 갔을까

바리스타가 인정한
서울·도쿄·홍콩 카페 27

강가람 지음

지콜론북

서울 카페 SEOUL CAFE

도쿄 카페 TOKYO CAFE

홍콩 카페 HONG KONG CAFE

프롤로그

카페 입구에 들어서자마자 코를 부드럽게 자극하는 커피 향은 언제나 나의 기분을 좋게 한다. 바리스타가 내려주는 커피 한 잔을 마시며 그 한 잔에 담긴 정성이라는 메시지를 읽고 고된 일상을 위로받으면서 하루를 마무리한다. 가랑비에 옷 젖는 줄 모르듯 커피와 카페는 우리 곁에 너무나도 자연스레 스며들었다.

혼자 조용히 쉬고 싶을 때, 친구들과 이야기하고 싶을 때 꼭 포함하는 장소인 카페. 예전에 비하면 커피 전문점은 한눈에 보기에도 많이 늘어났고, 지금 이 순간에도 예쁘고 번쩍번쩍한 커피 전문점이 생기고 있다. 유행을 타는 멋진 카페에 너도나도 들르고 적당히 맛있는 커피를 예쁘게 찍어 자신의 SNS에 업데이트하는 것이 당연해졌다. '핫'하다는 장소가 생겼다는 소식이 들려오면 몇 달간 문전성시를 이루고 그렇게 사람들은 지속해서 새로운 장소를 탐색한다.

하지만 커피를 내리는 바리스타로서 이런 추세를 마냥 좋아할 수만은 없었다. 카페를 방문하는 사람들의 목적은 대부분 카페가 어떻게 생겼는지, 내부 인테리어는 어떤지 그 외양을 더 꼼꼼히 살피는 것 같았고, 이런 기대에 부응하듯 인기가 좋은 카페는 대기업을 등에 업은 프랜차이즈나 커피 맛보다 인테리어를 더 고심하여 단발성으로 바짝 손님을 모으고자 한 티가 났기 때문이다. 그들은 커피에 대해 잘 모르는 아르바이트생을 뽑아 주입식으로, 서비스에 치중한 교육을 하고 있고 결국 숙련자가 아닌 직원들이 기계적으로 커피를 뽑아내고 있다.

커피를 커핑cupping해서 원두 고유의 맛을 분별하고 원두를 곱게 갈아 탬핑tamping을 거쳐 온도와 압력을 조절하여 커피를 내리는, 원두 고유의 특성을 살려 맛을 고르게 내는 데에 힘쓰는 커피 전문가 바리스타가 설 자리가 점점 적어지는 것 같았다. '예쁘기만 한 것보다, 커피 맛을 천천히 음미하며 마음의 양식을 채워주는 안식처 같은 카페는 없을까?'하는 생각이 간절했다. 기분 좋게 한잔 마실 수 있는 커피를 내리는 곳은 어디 있을지 좀 더 고민하게 되었다.

휴식을 취하러 카페에 가는 사람들의 특성, 더 맛있는 커피를 찾아다니는 커피 애호가들의 연령층이 주로 20~30대인 것을 고려해보니 '여행'이라는 키워드가 떠올랐다. 사람들이 많이 찾는 해외 여행지로는 도쿄와 홍콩을 들 수 있었고, 국내에서는 아무래도 카페가 많이 몰려 있는 서울이 생각나지 않을 수 없었다. 나 역시 국내로, 해외로 어디든 여행을 떠나는 걸 좋아해서 어디든 현지 커피를 직접 맛보는 것을 의미있게 여기고 있다. 그래서 서울, 도쿄, 홍콩의 카페를 여행하기로 마음먹었다.

힙한 혹은 많이 알려지지 않은 카페, 꼭 들러 봤으면 하는 카페들을 한 곳 한 곳 유람하며 커피를 마시고 눈으로 귀로 겪은 경험을 가지고 글을 썼다. 이 책에 소개된 카페들이 특출하다고 단정 짓기엔 어려울지도 모르겠다. 미각은 지극히 개인적이고 주관적이기 때문이다. 한 가지 확실한 것은 여기 소개된 카페들은 생두 선별부터 추출, 손님에게 내어드리기까지 일련의 모든 과정이 바리스타라는 전문적인 사람들 손에서 이루어진 곳이 대부분이라는 점이다. 자신의 자리를 지키며 커피를 내리고 하루하루 손님들에게 행복을 주는 곳들을 모두에게 공유하고 싶었다.

커피라곤 커피믹스가 전부였었던 내가 어학연수 중 런던의 한 마켓

노점상에게 건네받은 에스프레소 한 잔으로 커피에 대해 눈을 뜨게 되었고, 결국 그가 추천한 라떼의 고소함과 초콜릿티한 맛이 내가 본격적으로 커피를 시작하게 한 계기가 되었다. — 후에 이 사람이 영국 바리스타 챔피언이자 월드 바리스타 챔피언 Gwilym Davies라는 걸 커피 영상을 보다가 깨달았다 — . 여기에 감명받아 나 역시 여행을 하거나 여유가 생길 때마다 카페에 찾아가 나름대로의 기행문을 쓰면서, 더 맛있는 커피를 다른 사람에게 알리고자 했다. 내가 지난날 맛있는 에스프레소를 건네받았던 것처럼.

이제 서울과 도쿄, 홍콩이 끝났으니 나는 또 다른 나라, 또 다른 장소 어딘가를 떠돌며 새로운 카페들을 만나고 있을지도 모르겠다. 이 책을 읽는 독자들도 커피를 하는 사람들, 맛있는 커피를 내려주는 곳에 더 많은 관심을 가졌으면 좋겠다. 그리고 직접 가서 바리스타와 이야기하며 미각을 만족하는 커피 한 잔을 맛보고 탄성을 지르는 순간을 겪어보았으면 좋겠다.

2016년 11월

강가람

일러두기

- 본 도서에 표기된 카페의 웹사이트, 연락처, 주소, 영업시간, 휴무일, 메뉴 등은 도서 제작 시점을 기준으로 정리되었기에 도서 출간 이후 각 카페의 사정에 따라 수정 및 삭제될 수 있습니다.

- 홍콩 카페의 지도는 중국어 성조도 있어 음音을 좀 더 알아보기 쉽게 하기 위해 지명을 영어로 표기하였습니다.

- 홍콩 파트의 '싱글 오리진 커피 바'는 마카오에 있습니다. 홍콩과 마카오를 같이 여행하는 경우가 많아 함께 소개하였습니다.

- 서울, 도쿄, 홍콩 세 도시 외에 다른 도시에 분점이 있는 카페의 경우 해당 도시와 관련된 정보를 따로 기재하지 않았습니다.

- 바리스타의 카페 탐방기이므로 추천하는 음료는 에스프레소 베이스 위주의 음료 — 아메리카노, 라떼 등 — 입니다.

커피를 좀 더 맛있게 즐기는 법

처음 가는 카페, 실패를 줄이는 메뉴 선택법

동네에 새로 생긴 카페든, 내가 여행 중에 찾아간 카페든 내 입맛과 선호도에 대해 확실히 아는 것이 가장 중요하다는 건 누구나 잘 알 것이다. 맛은 굉장히 주관적이다. 본문에서도 언급했는데 아시아인과 유럽인의 생활환경이 달라 소금 과자, 식초 과자의 호불호가 극명히 갈리는 것처럼 커피 맛도 산미와 다크한 맛에 대한 호불호가 뚜렷하다. 이런 상황에서 내 입맛을 제대로 알지 못하고 사람들이 좋다고 하는 곳만 리스트업하여 쿠폰 찍듯 여유 없이 다니는 것은 자신의 카페 탐방에 그다지 도움이 되지 못할 것이다.

내가 어떤 맛을 좋아하는지 그 선호도를 먼저 파악하자. 그리고 내가 마시려 하는 것이 오직 커피의 맛을 위한 카페인지, 디저트를 함께 곁들이는 카페인지에 대한 부분을 생각하는 것이 좋다. 맛의 풍부함을 디저트로 가릴 수 있는 부분이 있어 디저트도 염두에 두어야 한다. 디저트의 단맛이나 버터, 시나몬 같은 강한 맛은 커피의 다양하고 은은한 맛들을 가릴 수 있는 요소가 될 수 있다. 따라서 커피와 디저트를 함께 먹고자 한다면 다크 초콜릿의 단맛이 두드러지는 커피가 좋다. 디저트가 비교적 깔끔한 맛이라면 커피의 맛은 자기가 좀 더 좋아하는 맛으로 선택하면 좋을 듯하다. 원두마다 맛이 제각기이므로 바리스타에게 문의한 후 커피를 주문하면 되겠다. 이처럼 함께 곁들이는 것이 무엇인가에 따라 더 풍부한 맛을 지닌 커피를 즐길 것인지 아닌지를 선택한다.

희소성도 고려해볼 만한 요소이다. '이곳'에서만 맛볼 수 있다면 굳이 커피가 아니더라도 좋다. 일본 카페 키츠네에 갔다면 거기에서만 살 수 있는 키츠네 사이다를 마시는 것이다. 홍콩에 들렀다면 브루 브로스에서만 파는 마크레인 원두커피를 마셔도 좋을 것이다. 이런 독특한 음료를 마신다는 생각을 하면 절로 신이 나지 않을까?

이런 취향을 가진 당신에게는
이런 커피를 추천합니다

커피 본연의 맛을 좋아하는 분들에게는 우유가 들어가지 않은 아메리카노나 드립 커피류를 추천한다. 부드러운 느낌의 커피를 좋아한다면 우유가 들어간 라떼, 카푸치노가 좋다. 여기에 적당한 단맛까지 가미된 것을 즐긴다면 시럽이 들어간 라떼류가 제격이다. 기호에 따라 캐러멜 라떼나 바닐라 라떼를 선택한다. 조금 더 단맛을 원한다면 모카 종류의 커피 — 초콜릿 맛이 가미된 — 가 좋다.

또한 너티nutty한 느낌의 균형 잡힌 커피를 좋아한다면 브라질이나 니카라과, 콜롬비아 같은 중남미 국가의 빈을 선택한다. 반면, 화려하고 산미가 도드라지는 커피를 선호한다면 아프리카 계열의 에티오피아나 케냐의 빈을 추천한다. 화사하고 과일 향이 나는 커피를 좋아한다면 내추럴 성향으로 프로세싱된 것을 선택하고 뒷맛이 깔끔한 커피를 좋아한다면 워시드로 프로세싱된 커피를 마시면 된다.

보통 카페인이 없는 커피를 선호하는 분들이 더치 커피를 찾는 경우가 많으나, 더치 또한 수용성 카페인이 들어있으므로 더치 커피는 피하는 것이 좋다. 바리스타에게 문의하여 디카페인 커피를 주문하면 된다.

서울, 도쿄, 홍콩
커피 맛의 차이는?

서울, 도쿄, 홍콩의 카페들은 각기 집중하는 바가 모두 다르다. 세 나라를 맛에 대한 차이로 나눈다면 일본은 개성, 홍콩은 무난, 한국은 손님 성향에 따른 트렌드라고 말할 수 있다. 먼저, 도쿄는 오너 바리스타의 입맛과 기준에 맞춘 커피를 손님과 별다른 타협 없이 꾸준히 밀어붙이며 정성스럽고 맛있는 커피를 내려 사람들에게 인정받는 스타일이다. 홍콩은 모두가 좋아할 수 있는, 딱히 튀지 않고 균형이 잘 잡힌 커피를 내어주는 현상이 강하다. 한국은 유행에 민감한 만큼, 스페셜티가 열풍이었을 땐 산미가 강한 커피들이 많이 보였다가 다크 초콜릿의 달콤하고 쌉쌀한 음료로 넘어가는 등 대세에 따라 조금씩 다르다. 한국을 트렌드에 민감하다고 하는 이유는 손님들이 아직 커피를 삶의 완전한 일부라고 생각하기보다 기호 식품으로 여기는 것이 크다고 보아서 그렇다. 카페에 가는 기준이 오로지 커피의 맛인 게 아니라 인테리어나 매장 분위기, 직원의 친절함 같은 부가적인 요소에 치중되어 있기 때문이다. 이에 맞춰 카페들은 바리스타 자신의 기준에서 한 발 물러나 손님이 선호하는 맛에 집중하는 성향이 강해졌다. 그래서 괜찮다고 소문난 카페 중에는 성향이 다른 원두를 최소 2가지 정도 갖춰두어 커피를 제공하고 있다.

일본은 산미가 강한 카페, 진하기가 너무 진한 강배전 위주의 카페, 대중적인 맛의 음료를 마실 수 있는 밸런스 위주의 카페도 있지만, 홍콩은 음식이나 간단한 베이커리와 어울리는 다크 초콜릿 맛이나 밸런스 위주의 대중적인 커피가 주를 이룬다. 한국은 손님의 성향이 잘 나타나는 카페의 블렌드와 무난하게 즐길 수 있는 달콤하면서 쌉싸름한 커피를 둘 다 제공하여 손님에게 선택할 수 있도록 선택권을 주는 형식으로 운영하는 등 그 차이를 보여준다.

커피 맛의 기준과 나라별 선호도

커피의 맛은 음식의 맛 표현과 크게 다르지 않다. 일반적으로 단맛, 쓴맛, 신맛, 짠맛, 이 4가지를 중점으로 파악한 후 그 이외의 맛들에 대해 평가하곤 한다. SCAASpecialty Coffee Association of America에서 정한 플레이버 휠을 토대로 교육이 이루어지고 향과 맛에 대한 기준점을 세우곤 한다.

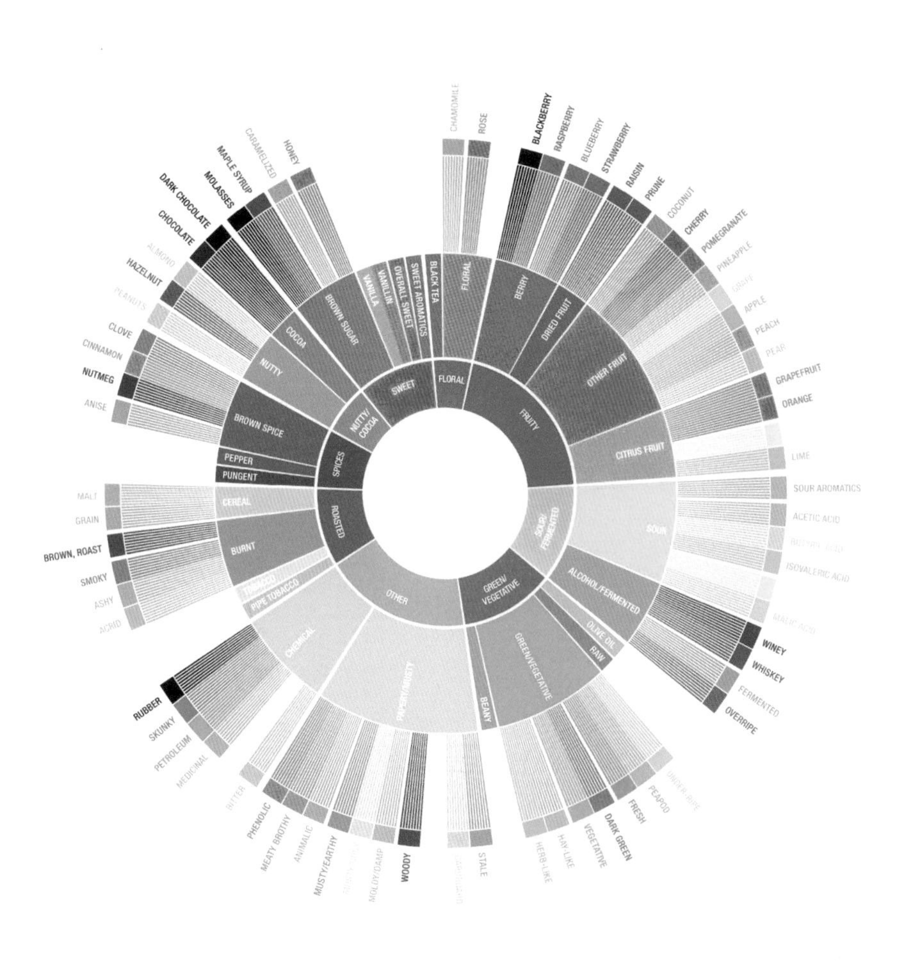

FLORAL
BLACK TEA
CHAMOMILE
ROSE
FRUITY
BERRY
BLACKBERRY
RASPBERRY
BLUEBERRY
STRAWBERRY
DRIED FRUIT
RAISIN
PRUNE
OTHER FRUIT
COCONUT
CHERRY
POMEGRANATE
PINEAPPLE
GRAPE
APPLE
PEACH
PEAR
CITRUS FRUIT
GRAPEFRUIT
ORANGE
LEMON
LIME
SOUR/FERMENTED
SOUR
SOUR AROMATICS
ACETIC ACID
BUTYRIC ACID
ISOVALERIC ACID
CITRIC ACID
MALIC ACID
ALCOHOL/FERMENTED
WINEY
WHISKEY
FERMENTED
OVERRIPE
GREEN/VEGETATIVE
OLIVE OIL
RAW
GREEN/VEGETATIVE
UNDER-RIPE
PEAPOD
FRESH
DARK GREEN
VEGETATIVE
HAY-LIKE
HERB-LIKE
BEANY
OTHER
PAPERY/MUSTY
STALE
CARDBOARD
PAPERY
WOODY
MOLDY/DAMP
MUSTY/DUSTY
MUSTY/EARTHY
ANIMALIC
MEATY BROTHY
PHENOLIC
CHEMICAL
BITTER
SALTY
MEDICINAL
PETROLEUM
SKUNKY
RUBBER
ROASTED
PIPE TOBACCO
TOBACCO
BURNT
ACRID
ASHY
SMOKY
BROWN, ROAST
CEREAL
GRAIN
MALT
SPICES
PUNGENT
PEPPER
BROWN SPICE
ANISE
NUTMEG
CINNAMON
CLOVE
NUTTY/COCOA
NUTTY
PEANUTS
HAZELNUT
ALMOND
COCOA
CHOCOLATE
DARK CHOCOLATE
SWEET
BROWN SUGAR
MOLASSES
MAPLE SYRUP
CARAMELIZED
HONEY
VANILLA
VANILLIN
OVERALL SWEET
SWEET AROMATICS

WORLD
COFFEE
RESEARCH

COFFEE TASTER'S FLAVOR WHEEL CREATED USING THE SENSORY
LEXICON DEVELOPED BY WORLD COFFEE RESEARCH
ALL RIGHTS RESERVED SCAA AND WCR

그러나 나라별로 자라온 환경에 따라서 조금씩 다른 양상이다. 한국에서는 감칠맛을 선호하는데 비해 유럽은 감칠맛 자체에 대해 좋고 싫음이 없으며, 한국은 단맛에 민감하게 반응하지만, 유럽은 산미를 좋아해 신맛 위주의 커피를 선호한다. 그러므로 이처럼 주관적 평가가 섞인 커피 맛과 표현은 꼭 기준점에 맞추지 않아도 될 듯하다. 참고로만 삼되 정해진 틀 안에서 이야기하는 것보다도 우리 자신만의 맛 표현이나 직접 경험한 것을 기억해 그것과 매치하는 것이 자신의 기준을 잡아나가기에도 편할 것이다.

커피 기초 용어

WBCWorld Barista Championship 총 7개 분야

❶ 바리스타barista — 15분이라는 시간 제한을 두고 에스프레소 4잔, 카푸치노 4잔, 알코올 음료를 제외한 시그니처 창작 메뉴 4잔, 총 12잔을 심사받는 것. 예선 심사로 결선자 6명을 선발하고 6명이 다시 겨뤄 등수를 나눈다.

❷ 라떼 아트latte art — 에스프레소 위에 우유를 부어 만드는 라떼 라는 음료에 그림을 그리는 것이다. 푸어링과 에칭으로 나뉘는데 푸어링은 피처우유를 담은를 흔들어 그림을 그리는 것, 에칭은 펜을 이용해 그림을 그리는 것이다.

❸ 사이포니스트siphonist — '사이폰'이라는 커피도구를 이용하여 커피를 추출하는 대회이다.

❹ 브루어스 컵brewers cup — 에스프레소 머신을 제외한 커피 추출 도구를 사용해 바리스타의 테크닉을 평가한다.

❺ 컵 테이스트cup taste — 커피의 맛과 향, 질감, 뒷맛after-taste을 전체적으로 평가하여 커피의 특성을 감별해내는 대회이다.

❻ 굿 스피릿good spirit — 술을 첨가해 커피와 술의 조합으로 메뉴를 만드는 대회로 커피 칵테일이라고 불리는 음료를 창작한다.

❼ 체즈베-이브릭cezve-ibrik — 커피를 터키의 전통 추출방식으로 추출하는 대회이다.

빈bean 커피 원두를 통칭하는 단어로, 생산 직후의 생두green bean와 생두를 열로 가공한 원두coffee bean로 나뉜다.

도징dosing 에스프레소 추출을 위해 포터 필터에 분쇄된 커피가루를 담는 행위이다.

탬핑tamping 에스프레소 추출을 위해 포터 필터에 분쇄된 커피가루를 담아 템퍼로 적당한 압력을 가해 수평으로 만드는 것을 말한다.

싱글 오리진single origin 원두의 원산지가 하나인 커피. 또는 에티오피아, 케냐 같은 지역에서 동일한 등급인 green bean을 말하기도 한다.

블렌드blend 특성과 원산지가 다른 2가지 이상의 커피를 혼합하여 새로운 맛과 향미를 창조해낸 것. 각 원두별로 가지고 있는 특색을 강조하거나, 조화로운 향미를 만들거나 취향에 따라 원두 종류와 비율을 달리할 수 있다.

바디감 커피가 가진 고유의 밀도와 무게의 촉감을 말한다. 흔히 물과 우유의 무게감이 다른 정도를 보면 그 액체의 바디감이 무엇인지 알기 쉽다.

드립 스테이션drip station 커피 스탠드. 드립을 보다 쉽게 내릴 수 있게 지지해 주는 거치대를 말한다.

약배전light roast 로스팅 정도에 따라 약배전, 중배전, 강배전으로 나뉘는데 약배전은 보통 커피의 색이 옅고 붉은 갈색을 띤다. 커피가 가진 고유한 산미와 베리류의 커피 특성이 가장 두드러지게 발현되는 로스팅 초기 단계이다.

중배전medium roast 약배전보다 진하고 갈색에 가까운 커피. 표면에 오일 성분이 없고 상태가 건조한 편이다.

강배전dark roast 커피의 색이 어두운 경우가 많으며 로스팅 중 커피가 가진 고유한 단맛과 쓴맛의 특성이 가장 두드러지게 발현되는 로스팅 후기 단계이다.

마이크로랏micro lot 대규모 농장에서 이루어지는 원두 구획 단위로써 커피의 품질을 관리하기 위한 밭 단위의 용어 혹은 소규모의 농장을 말한다.

컵 테이스팅cup tasting 커피의 맛과 향, 질감, 뒷맛aftertaste을 전체적으로 평가하여 커피의 특성을 감별하는 것. 싱글빈과 블렌드 모두 잘 적용되는 방식이다.

커핑cupping 생두가 가지고 있는 본연의 맛을 평가하기 위한 방법. 커피의 맛을 감별하는 것으로 실제 소비자가 마시는 정도의 로스팅과 추출 방법과는 다르게 적용되고 싱글 빈에 더 적합하다.

에이징aging 로스팅 후 가스탄소가 원두에서 빠져나오는 원두의 안정화 기간. 원두의 적합한 맛을 끌어내기 위해 필요한 기간이며, 보통 '로스팅 후 며칠'이라고 표현하는데 자세하게는 원두마다 각기 다른 추출 연관성을 보아야 한다.

에어로프레스areopress 주사기의 원리인 공기압을 이용한 커피 추출 도구이다. 이를 사용하여 추출한 커피 맛을 평가하는 대회도 열린다.

프렌치프레스frenchpress 유리관 안에 분쇄된 커피를 담고 뜨거운 물을 부어준 다음 금속성 필터로 눌러 짜내는 수동식 추출. 커피 가루를 끓인 물에 담가서 뽑아내는 방식으로 금속거름망이 달린 막대 손잡이와 유리그릇으로 구성돼 있다. 차를 우릴 때도 많이 사용한다.

밸런스 위주 커피 맛을 표현할 때 쓰는 용어. 말 그대로 균형이 잘 잡혔다는 것이다. 산미와 단맛이 어느 하나 튀지 않을 때 쓴다.

브루brew 브루잉이라고도 한다. 커피 가루에 물을 붓고 필터로 걸러 커피를 내리는 작업이며 흔히 핸드드립이나 브루잉 커피가 모두 같은 방식으로 내려지는 것이라고 볼 수 있다. 에스프레소도 브루의 일종이라 할 수 있지만, 명확하게 말한다면 에스프레소가 아닌 커피를 브루잉이라고 본다. 에스프레소 베이스 커피에 비해 브루잉 커피는 원두 본연의 맛에 좀 더 도드라지는 특징이 있으며, 농도를 조절할 수 있어 연하게 부담 없이 마실 수도 있다.

스페셜티 커피specialty coffee 생두의 품질 구조에 대한 기초적 지식을 알면 더 이해가 쉽다. 커피 생두는 등급이 나뉘어져 있다. 로우 그레이드 — 커머셜커피 : 이 안에서 하이 커머셜, 프리미엄 커피, 커머셜커머디티 커피로 나뉘어 정의된다 — 와 스페셜티 커피가 있는데 스페셜티 커피는 SCAA라고 불리는 미국 스페셜티 커피 평가에 의해 측정된 점수가 80점 이상인 커피가 스페셜티 커피로 정의된다. 생산농장, 품종, 생두 재배와 수확 과정이 균일하고 명확해야 하며 결점두생두에 혼합된 불완전한 콩 기준치에 부합하는 커피여야 한다. 흔히 케냐 AA, 콜롬비아 수프리모, 과테말라 SHB 같은 것들은 생산 국가와 생두 사이즈만으로도 이력을 알 수 있으므로 스페셜티라고 말할 수 없고 대부분 스페셜티 이하 커머셜커피로 알려져 있다.

카페에서 볼 수 있는 대표적인 커피 기계

그라인더 원두를 가는 것

버burr — 원두를 갈 때의 분쇄 날. 크게 플랫버와 코니컬버로 나뉜다. 플랫버는 빈을 위아래에서 평면형 칼날이 갈아주는 방식으로 묵직하면서 대중적인 맛을 구현하고, 코니컬버는 원추형 날이 원두를 파쇄하는 방식으로 섬세함이 느껴진다.

메져 로버 — MAZZER 사의 고급형 그라인더. 코니컬버로 되어 있어 커피의 개성과 향미를 표현하기 유리하고 연속 그라인딩의 마찰열을 줄이기 위한 쿨러 시스템이 장착되어 있다.

ek43 — 말코닉 사의 리테일 그라인더로 98 mm 대형 플랫버가 버티컬 형태로 장착되어 있다. 빠른 모터 회전수로 균일한 분쇄와 로스가 적은 것이 특징이며 에스프레소와 브루잉 모두 사용할 수 있다.

미토스원 — 시모넬리 사와 몇몇 세계적인 바리스타가 개발에 관여했다. 온도 유지, 버burr의 각도, 도징 안정성, 유지 관리 등 실제 커피 바에서 썼을 때의 약점을 개선하고자 했다.

포터 필터 원두를 간 가루를 담는 필터. 손잡이가 달려 있고 커피 머신에 장착하는 것이다.

커피 머신 갈아둔 원두로 에스프레소를 내리는 것

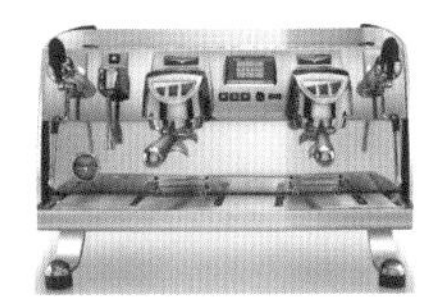

머신 1그룹과 2그룹이라는 것 — 에스프레소가 추출되는 곳을 그룹 헤드라고 한다. 즉 원두를 갈고 탬핑한 포터 필터를 그룹 헤드에 끼우는 것이다. 1그룹, 2그룹이라는 것은 이 헤드가 몇 개인지에 따른 단순한 차이이다. 기본적인 성능은 별다른 차이가 없으며 상업 매장에서 연속 추출을 하기에는 1그룹보다 2그룹이 유리하다. 일반적으로 1그룹은 가정용, 2그룹이상은 상업용으로 보는 경향이 크다.

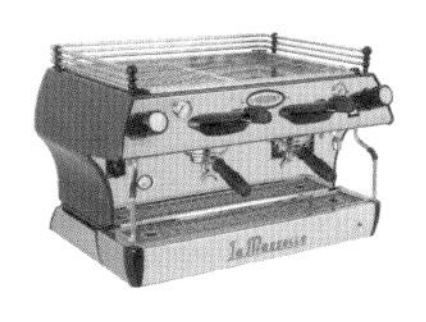

fb80 — 라마르조꼬 사에서 만든 하이엔드급 머신 중 하나로서 pid시스템과 안정적인 듀얼 보일러가 장점이다. 그밖에 리네아, gb5, gs3, 스트라다 등이 있다.

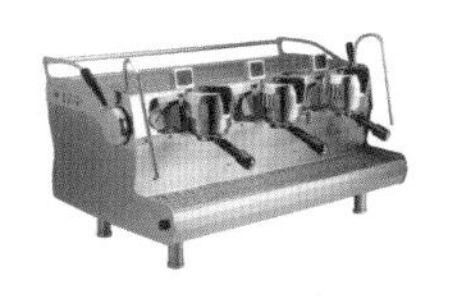

시네소 — 라마르조꼬 사의 엔지니어 출신이 만든 하이엔드급 머신 브랜드. 성능에 따라 싱크라, 이드라, 사브레 세 종류로 나뉜다.

사진 출처 광명상사(미토스원, 머신 1그룹/2그룹 차이), 두잉인터내쇼날(그 외)

SEOUL CAFE

서울 카페

프릿츠 커피 컴퍼니	FRITZ COFFEE COMPANY
에픽 에스프레소 더 커피 바	EPIC ESPRESSO THE COFFEE BAR
피어 커피 로스터스	PEER COFFEE ROASTERS
매뉴팩트 커피 로스터스	MANUFACT COFFEE ROASTERS
앤트러사이트 커피 로스터스	ANTHRACITE COFFEE ROASTERS
502 커피 로스터스	502 COFFEE ROASTERS
레드 플랜트	RED PLANT
카페 컴플렉스	CAFFE KAMPLEKS
리이슈 커피	REISSUE COFFEE

SEOUL CAFE | 1

프릳츠 커피 컴퍼니

FRITZ COFFEE COMPANY

챔피언의 커피와 빵 천재의 베이커리를 동시에 즐길 수 있는 곳

내 꿈을, 나와 뜻을 함께하는 사람들이 옆에 있다는 것은 어떤 기분일까? 나에 대해 알지 못하면서 비난만 하는 사람, 내가 어떤 일을 시작하고 싶을 때 부정적인 생각을 말하며 안 될 거라고 하는 사람, 특히 내가 한 분야에서 뛰어난 능력을 갖고 있다면 그걸 깎아내리려는 사람까지. 이런 사람들을 다 떨쳐낼 수는 없지만, 나와 같은 길을 걷는 사람들이 내 옆에 있다면 그 사실만으로도 위로가 되고 힘이 나지 않을까? '동역자'. 나를 이해하고 도와주며 함께하는 사람, 단순히 내 편을 들어주는 사람이 아니라 나와 같은 길을 기쁘고 행복하게 가는 사람이다. 서울의 한복판, 한 카페에서도 이런 동역자들이 모여 오늘도 변함없이 커피를 내리고 있다. 게다가 이 사람들은 각 분야에서 최고라고 불린다. 바로 마포에 위치한 '프릳츠 커피 컴퍼니'가 그곳이다.

일명 '커피계의 어벤저스'. 질 좋은 생두를 구하기 위해 산지를 오가며 노력하는 김병기 대표를 필두로 국가대표 바리스타 박건하, 2012년부터 꾸준히 WBCWorld Barista Championship 결선에 오르는 송성만 바리스타, 카페 뎀셀브즈 출신 김도현 로스터, C.O.ECup Of Excellence 커퍼 전경미, '빵 천재'라는 별칭의 허민수 베이커, 마지막으로 카페 인테리어계의 독보적 존재인 카페 인 마켓 조재호 대표까지. 이들이 선보인 베이커리 카페는 커피 마니아 사이에서 큰 반향을 불러일으킬 수밖에 없었다.

마포와 공덕 지역의 중간, 도심 한복판에 있는 한 한옥 건물. 입구를 들어서기가 무섭게 반지하에서 허민수 베이커가 굽는 빵의 냄새가 내 후각을 자극하고, 계단을 올라 문을 열면 눈 앞에 펼쳐진 빵 테이블은 내 시선을 단숨에 사로잡았다. 바에 서 있는 바리스타가 반갑게 맞이

대표 상징인 물개는 굿즈 등 여러 곳에 다양하게 쓰인다.

하는 동시에 자석에 끌리듯 앞에 있는 빵을 향해 다가갔다. 어떤 빵이 있는지, 무엇을 먹어야 할지, 왠지 저 빵은 먹지 않으면 후회할 것 같다는 생각을 하며 하나둘 골라 커피 바로 향했다. 커피는 빵보다 메뉴가 적어 많은 고민을 하지는 않았다. 다만 프릳츠 에일과 카푸치노는 내 입맛에도 딱이고 엄청 맛있어서 추운 겨울철 언제나 날 고민하게 만드는 음료들이다.

1층 옆에 세워져 있는 스피커에서 흘러나오는 조용한 음악 소리 혹은 은은한 주황색 조명이 사람들의 마음을 차분하게 만들어주는 것 같았다. 이곳에서는 보통 카페에서 일어나는 연쇄반응이 조금 덜한 느낌이

낮이든 밤이든 늘 바쁘게 돌아가는 바 모습.

었다. 내가 생각하는 카페의 연쇄반응이란 한 테이블에서 그들의 대화가 다른 사람들에게도 들릴 정도로 데시벨을 높여 이야기하기 시작하면 다른 테이블에서도 본인들의 대화가 잘 들리도록 더더욱 큰 목소리로 이야기하게 되는 것이다. 그러면 카페의 주인은 대화 소리를 감추려는 건지 내부의 음악 볼륨을 점점 높인다. 이런 식으로 카페가 점점 시끄러워지는 효과가 연쇄반응이지 싶다.

잔잔하고 평온한 분위기와 다채롭게 진열된 빵에 정신을 빼앗긴 것도 잠시, 같은 바리스타로서 이 이름난 프릳츠의 바리스타들을 더 관심 있게 보았다. 손님을 향한 유연한 대응과 날렵한 손놀림으로 에스프레소를 추출하고 우유를 스팀하는 모습. 화려하다는 말보다는 굉장히 오랫동안 해온 일이라서 자연스럽게 체화되고 숙련된 느낌이었다. 실력자들의 카페답게 1층 한쪽은 바리스타 교육을 위한 공간이 있고 여기에서는 커핑 및 커피 추출 교육이 진행된다. 이런 교육 장소와 커피를 만드는 바가 다 공개되어 있어서 호기심이 많은 손님은 1층을 선호하기도 한다. 2층은 온전히 커피를 마시러 온 사람들의 공간으로 내부와 외부로 나누어져 있는데, 산업적인 현대와 한옥의 느낌이 절묘하게 독특한 분위기를 자아낸다. 특히 자개장으로 만든 테이블은 손님들 사이에서도 인기가 많은지 올 때마다 꽉 차 있다. 외부도 운치 있는 모습이어서 비 오는 날 처마에 맺힌 물방울을 보고 지붕에 떨어지는 빗소리와 조용한 음악 소리를 들으며 커피를 마신다면 이곳이 천국이지 않을까 싶었다.

그렇게 가게를 둘러본 후, 주문한 카푸치노와 프릳츠 에일, 산딸기 크루아상과 뺑오쇼콜라를 받아들었다. 언제 마시든 기본은 항상 유지된다는 느낌인 프릳츠의 카푸치노는 역시나 근래에 마신 카푸치노 중 손에 꼽을 정도였다. 사실 이런 맛은 에스프레소를 추출할 때부터 정해지는 게 아닌가 했다. 에스프레소를 추출할 때 그들이 생각한 최고의 에스프레소 설정값을 기준으로 추출 시간과 원두 양이 오차범위 내에 있는지 모든 에스프레소 샷마다 확인한다는 점, 오차범위에서 벗어난 에스프레소를 과감히 버린다는 점에서 맛의 신뢰도가 이미 높아져 있는 것이다. 그리고 프릳츠에서는 자신이 마실 커피마다 모두 빈bean을 선택할 수 있게 한다. 이번에 내가 선택한 빈은 '잘되어가시나'였다. 카푸치노에서 내가 가장 중요하게 생각하는 것이 묵직한 에스프레소의 맛과 고운 거품의 조화인데 이게 잘 어우러졌고, 우유 거품

입구를 지나 들어오면 마당이 보이고 카페로 향하는 또 하나의 문이 있다.

사람들에게 커피 내리는 모습을 가감 없이 보여주고 있다.

사람들이 많이 찾는 메뉴 중 하나인 산딸기 크루아상은 빨리 점령하지 못하면 먹지 못하는 일도 생긴다.

을 따라 진한 다크 초콜릿의 맛이 강렬하게 들어오는 느낌이 너무나 좋았다. 아메리카노를 추가했는데, 이때 빈은 '서울 시네마'로 했다. 특유의 산미가 시간이 지날수록 스르륵 나타나는 것이 프릳츠 바리스타들이 입을 모아 이야기하는 '과일 맛'을 여실히 느낄 수 있다. 만약 산미가 있는 커피를 좋아하지 않는다면 서울 시네마보다 잘되어가시나 빈으로 마시는 것이 더 좋을 것이다. 프릳츠의 빈을 납품받는 카페들도 여럿 있다. 이 카페들이 프릳츠의 모든 빈을 다 쓰는 것은 아닐 수도 있으니 프릳츠의 빈을 만나게 된다면 바리스타에게 빈이 어떤 종류인지 한번 물어보는 것도 재미일 듯하다.

빵도 맛을 '찬양'하지 않을 수가 없는데, 누가 허민수 베이커에게 '빵 천재'라는 수식을 붙여주었는지는 모르겠지만, 맛본 빵들은 정말 이 멋들어진 수식어에 너무나도 잘 어울렸다. 일반 크루아상과 겉모습부터 다른 산딸기 크루아상은 부드러운 빵에서 바로 달콤하고 상큼한 산딸기의 맛이 잘 느껴져 진한 커피와 함께 먹는다면 이보다 더 좋은 궁합이 없을 정도로 완벽했다. 식어도 맛있었지만, 자고로 빵은 따뜻할 때 더 맛있으므로 조금 번거롭더라도 데워서 먹는 것을 추천한다. 빵오쇼콜라는 안쪽 단면이 보들보들했고, 버터가 있는 느낌도 적어서 식감이 좋았다. 조각 초콜릿을 조금 주는 게 아니라 초코 스틱을 넣어줘서 만족스러웠는데 초코 스틱 양이 조금만 더 많으면 어땠을까 살짝 아쉬웠지만 맛있게 먹었다.

마포 직장인들에게 아침마다 든든한 빵과 커피를, 피곤할 때는 호로록 넘어가는 맛있는 커피를 제공하고, 바리스타 지망생에게는 커피를 추출하는 모습을 가감 없이 공개하는 모습. 또한, 프릳츠 커피 컴퍼니의 레트로한 느낌을 잘 살린 로고와 굿즈까지 제작하여 카페에 방문하는 손님들에게 디자인적 요소까지 어필하는 모습. 최고의 전문가들이 모여 최고의 커피를, 빵을, 디자인을 보여주는 이곳이 커피를 좋아하는 사람이라면 절대 지나치지 않고 꼭 가봐야 하는 곳이 아닐까 생각해 본다.

날이 좋을 때는 언제나 저곳이 명당이다. 사람들이 항상 붐비는 야외 자리.

추천메뉴

프릳츠 에일

오렌지와 레몬, 시나몬, 정향, 넛맥을 넣고 끓여 만든 에일 원액을 베이스로 따뜻하게 혹은 차갑게 만들어 내는 음료이다. 오직 프릳츠에서만 마실 수 있다.

산딸기 크루아상

가장 빨리 솔드아웃되는 허민수 셰프의 역작이다. 부드러운 빵과 상큼한 산딸기가 진한 커피와 잘 어우러진다. 사실 이곳에선 모든 빵이 다 맛있다. 버터 기름이 줄어든 보들보들한 식감의 빵들이 당신을 기다리고 있다.

프릳츠 커피 컴퍼니

홈페이지	www.fritz.co.kr
주소	도화점 서울특별시 마포구 새창로 2길 17 원서점 서울특별시 종로구 율곡로 83 양재점 서울특별시 서초구 강남대로 37길 24-11
연락처	도화점 02-3275-2045 원서점 02-747-8101 양재점 02-521-4148
영업시간	도화점 08:00~23:00 원서점 10:00~21:00 양재점 10:00~22:00
휴무일	홈페이지 공지

SEOUL CAFE | 2

에픽 에스프레소 더 커피 바

EPIC ESPRESSO THE COFFEE BAR

한적한 동네에서 좀 더 특별한 커피를 느끼다

서울 북동쪽의 왕십리 주변은 카페 세계에서 아직 변두리라고 말할 수 있을 정도로 많은 카페가 모여 있지는 않다. '핫한' 카페의 미개척지라고나 할까. 나도 바쁘다는 핑계로 더는 굳이 애써서 찾아보려고 생각하지 않았었다. 그러나 동네에 유명한 '카페'는 없어도 유명한 '맛집'은 있는 법. 왕십리에는 바닷가재를 넣어 라면을 끓여주는 집이 있는데 평소 그곳을 너무 좋아했던 나는 여느 때와 같이 식사를 마치고 나서 맛있는 커피 한 잔을 먹고 싶다는 생각에 주변을 검색하기 시작했다.

그러던 중 발견한 굉장한 카페. WBC 국가대표 선발전 라떼 아트 부문 파이널리스트인 전경은 바리스타 부부가 심혈을 기울여 오픈했다는 '에픽 에스프레소 더 커피 바'였다. 맛있는 커피라는 소문이 돌면 꼭 직접 찾아가 마셔봐야 직성이 풀리는 나이기에 이곳을 놓칠 리 없었다. 사실 다른 카페에 가서 커피를 마시는 일은 나 자신도 직업의 연장선으로써 여길 때가 있지만, 이곳은 그렇지 않았다. 그저 같은 바리스타로서, 세계적인 바리스타 대회에 한국 대표로 나가 결승전까지 오른 가게는 과연 어떨지 너무너무 궁금해 발걸음을 재촉할 수밖에 없었다. 멀리서 보이는 카페. 밖에서 바라보는 에픽 에스프레소 커피 바는 그냥 일반 아파트 단지 내 상가에 자리 잡은 자그마한 가게였다. 간결한 로고에서 느껴지는 특별함 그리고 통유리 사이로 비치는 가게 내부의 흰색 톤이 깔끔하다는 인상을 주고 있었다.

처음이란 것은 늘 사람을 두근거리게 하는 것 같단 생각을 종종 한다. 이 카페 역시 그랬다. 처음 보는 사람이 처음 듣는 목소리로 처음 보는 표정을 지으며 인사를 하고, 나 역시 활짝 웃는 얼굴로 사람 좋

에픽 에스프레소의 오픈 바 전경.

은 모습으로 인사하게 되는 것. 이 카페에서는 어떤 이야기를 만나게 될까? 사장님에게서, 손님들에게서, 또 새로운 공간에서 과연 어떤 특별함을 마주하게 될까? 설레는 마음을 가지고 주문하는 곳으로 다가갔다.

— 안녕하세요?

아직도 기억에 선명한 장면은 처음 방문하는 손님이든 아니든, 바리스타만의 친절함과 따뜻한 온기가 느껴지는 인사였다. 처음 온 나도 이 가게의 단골이 된 것 같은 느낌이었다.

콜드 브루를 직접 매장에서 내리고 있다.

— 실례지만, 이 가게에 단골들이 자주 드시는 메뉴를 알 수 있을까요?
— 글쎄요. 단골 분들은 꼭 한 가지 음료만 드시는 게 아니라서……. 혹시 커피를 좋아하시는 분이시라면 에스프레소를 드시는 건 어떠세요?
— 에스프레소라고요?
— 네. 매일 드시러 오시는 분도 있으신 걸요?
— 아, 매일요…….

대답을 듣는 순간 머리가 띵 하고 울렸다. 이토록 자신 있게 에스프레소를 권하는 것. 또, 매일 에스프레소를 마시러 오는 사람이 있다는

수제 베이커리와 카페라떼.

것. 대화 몇 마디만으로도 이 카페의 맛이 머릿속에 저절로 그려지고 있었다.

추천대로 에스프레소를 주문하고 자리에 앉아 버릇처럼 커피 머신과 그라인더를 보았다. 나도 바리스타이다보니 이런 부분들을 더 놓칠 수 없다는 마음에서였다. 커피 머신은 라마르조꼬 fb80. 가게와 너무 잘 어울리는 흰색이었다. 한때 하이엔드 커피 머신이 내가 카페에 방문하는 기준점이었던 적이 있었다. 좋은 머신을 들여놓았다는 건 커피에 그만큼 가치를 두고 있다는 뜻으로 받아들여졌기 때문이다. 과거의 나는 그저 짧은 견해로 '라마르조꼬면 다 좋아'라고 생각하기도 했

입구 앞에 있는 작은 테이블 위에 여러 소품이 올려져 있다.

었다. 그러나 1년 365일 커피를 맛보고 매년 하나하나 더 배우면서, 이제는 단순히 커피 머신의 이름값으로 카페에 대해 논하지는 않는다. 커피 추출에는 많은 변수가 있고 바리스타의 역량에 따라 차이가 난다는 것을 이제는 알고 있기 때문이다.

그렇지만, 바리스타의 역량이 뛰어난 상태에서 좋은 머신을 쓴다면 그건 네임밸류를 쫓아 카페를 가는 길임을 부정할 수 없다. 세계 최초 수평형 에스프레소 머신을 만들고 듀얼보일러 시스템으로 커피 추출 온도의 안정화를 이루어낸 회사, 라마르조꼬. 그 안에서도 상급 머신 중 하나로 평가받는 fb80을 이곳에서 쓴다는 것은 커피 추출에도 꽤 신경을 쓴다는 것과 같다. 수평형 에스프레소 머신은 전동 펌프를 실용화했고 작은 버튼으로 추출하여 에스프레소의 품질이 안정적이기 때문이다. 커피 머신 옆에는 수제로 만든 쿠키와 각종 베이커리 류가 있었는데 모두 아내분께서 만드시는 것 같았다. 홈 테이블처럼 오픈된 주방의 모습은 언제나 청결한 모습을 유지해야 하는 번거로움이 있지만, 이곳을 방문하는 손님들에겐 신뢰감을 주었다. 부부가 함께 만들어가는 가게. 이 부부의 집에 초대되어 대접을 받는 듯한 느낌이었다.

내가 카페에 도착한 시간이 낮 3시쯤이어서 앉을 수 있는 자리는 거의 없었다. 테이크아웃을 하면 잠깐 앉아서 기다릴 수 있는 벤치에서 카페 전경과 손님들을 구경했다. 하얀 벽에 어두운 나무 바닥, 편안한 소파 의자와 테이블. 저마다의 일에 몰두하거나 잔잔하게 대화하는 손님들. 아파트 단지 상가에 위치해서인지 연인끼리, 가족끼리, 또 혼자서 작업하는 공간으로 다양한 연령대의 사람들이 모여 조금은 신기했다.

이윽고 내가 주문한 에스프레소가 나왔다. 스틸 쟁반에 담긴 정갈한 에스프레소 잔과 쿠키, 설탕과 플레인 워터. 에스프레소는 정말이지 바리스타의 추천대로 모난 곳 없이 딱 떨어지는 맛이었다. 이 당시에 빈은 스티머스 커피 팩토리의 레트로 블렌드를 사용하고 있었는데 많은 카페에서 이 스티머스 커피 팩토리의 블렌드를 사용하고 있지만, 너무 화려하지 않으며 진중하고 순수한 느낌을 잘 표현하는 곳을 찾긴 쉽지 않았다. 커피를 마시면 보통 '좋은 맛', 내가 좋아하고 느껴보고 싶은 맛을 우선하여 살피지만, 나는 커피의 나쁜 맛에 집중하게 되는 경향이 있다. 맛있는 맛은 나오되 나쁜 맛이 함께한다면 그 커피는 더는 찾지 않는다. 나쁜 맛이라는 건 주관적이지만, 바리스타인 내 입

드라이한 거품이 수북이 올라간 카푸치노 역시 기본에 충실한 느낌이다.

장에서 보기엔 과하게 한 가지 맛이 튀어나오면 그게 나쁜 맛이라고 본다. 맛이 나쁘면 쓴맛, 신맛 등 한 가지 맛이 너무 튀어 고형물을 마시는 듯한 까끌까끌한 느낌이 들게 되면 마시기 편하지 않아서 그렇다. 이곳의 에스프레소는 단맛과 진한 풍미 그리고 에스프레소 특유의 질감까지 모두 고르게 균형을 갖추었다. 쉽게 말해 목 넘김이 좋은, 마시기 편한 맛이었다. 이렇게 깔끔한 에스프레소를 얼마 만에 마시는지 괜히 아메리카노까지 한 잔 더 마시고 싶어졌다. 입안에 남는 맛이 일품이어서 왜 매일 이 커피를 즐기는 손님이 있는지 알 것 같았다. 사진으로 남겨두면 더 좋았을 걸, 빨리 맛보고 싶은 마음에 이때 마신 에스프레소를 찍어두지 않아서 공개하지 못하는 점이 조금 아쉽

따로 판매하지는 않지만, 메탈릭 소재 통에 에픽 에스프레소의 이름을 붙여 콜드 브루를 담아 홍보하는 것이 감각적으로 느껴졌다.

다. 수제 쿠키도 맛있었다. 겉보기에는 바삭하고 여차하면 잘게 부서질 것 같았는데 실제로는 촉촉하게 감기는 맛이었다. 다시 이곳에 찾아갔을 때는 스트롱홀드 로스터기를 사용해 에픽 만의 블렌드를 사용하고 있었다. 새로운 커피 역시 맛있어서 만족스러웠다.

사람들에게 공간과 음료, 음식을 제공하며 그들에게 방해가 되지 않는 선에서의 친절함, 따뜻한 말 한마디가 만들고 있는 분위기. 최상의 커피 맛을 위해 여러모로 고민한 흔적이 보이는 커피 머신들. 단골 카페라는 말이 찰떡같이 어울리는 카페 위치까지. '내 집 앞에 이런 카페가 있으면 얼마나 좋았을까' 하는 생각이 절로 드는 곳이었다.

추천메뉴

시즌 음료

여름에 한정으로 판매되었던 무화과 에이드는 비주얼과 맛 어느 하나 놓칠 수 없었다. 생딸기를 갈아서 만드는 주스는 딸기가 반 팩이나 들어갈 정도로 인심이 후하게 느껴지는 주스다. 메로나떼 역시 멜론과 라떼라는 색다른 조합이 눈길을 끌었다.

신설동역

카페라떼

고소한 에스프레소와 우유의 조화가 딱 알맞다. 개인적으로 플랫화이트보다 카페라떼를 추천한다. 덤으로 라떼아트 파이널리스트인 사장님의 라떼아트도 볼 수 있다.

서울풍물시장

왕십리뉴타운

에픽 에스프레소 더 커피 바

신당5동 주민센터

홈페이지	www.facebook.com/ epicespressothecoffeebar
주소	서울특별시 성동구 하왕십리 530번지 텐즈힐 1구역상가 152동(아파트 117동) 105호
연락처	010-2543-7787
영업시간	08:00~22:00
휴무일	SNS 등으로 공지

왕십리역

응봉공원

행당역

SEOUL CAFE | 3

피어 커피 로스터스

PEER COFFEE ROASTERS

커피와 디저트, 다른 콘셉트 다른 메뉴로 취향 따라 골라 가는 카페 커피에 대한 사람들의 관심은 사그라지지 않고 요즘에도 카페들이 우후죽순으로 생기고 있다. 그동안 주요 카페들이 홍대를 기점으로 모여 있었는데 커피 마니아들은 이 홍대 인근을 넘어 한남동에 주목하고 있다. 그중에서도 단연 독보적인 사랑을 받고 카페가 바로 '피어 커피 로스터스'이다. 피어 커피는 두 개 지점이 좁은 길 하나를 사이에 두고 마주 보고 있는 조금 독특한 곳이다. 하나는 커피에 좀 더 비중을 두고, 다른 하나는 디저트에 힘을 실어주었다는 점 역시 눈길을 끈다.

나는 우선 디저트가 중심인 2호점으로 향했다. 2호점에서 에스프레소를 주문하자 바리스타가 '커피에 관심이 있으시면 앞쪽에 있는 1호점으로 가시는 게 더 좋다'고 말하며, 이곳에서는 디저트와 함께 먹기 좋은 강배전 위주의 커피를 판다고 말해주었다. 1호점에서는 중약배전의 원두를 이용해 커피의 맛에 좀 더 초점이 맞춰져 있으니, 1호점을 적극적으로 권하기에 일단 발걸음을 돌려 1호점부터 들르기로 했다. 그렇게 간 1호점에서는 커피에 집중된 카페답게 입구에 들어서자마자 하이엔드급 슬레이어 머신, 그라인더 ek43, 메저 로버 등 각종 기계들이 쭉 서 있어 시선을 사로잡았다.

이곳에서는 커피 원두를 싱글 오리진과 블렌드 중 하나를 선택할 수 있는데 나는 가장 기본 커피인 에스프레소를 시키고 자리에 앉았다. 바리스타가 커피를 추출하는 모습을 지켜보고 있으니 손님이 나 혼자여서 그랬는지, 바리스타가 '가까이 오셔서 직접 보고 사진을 찍으셔도 괜찮다'고 말씀해주셔서 조심스레 사진을 찍고, 이어서 커피 내리는 모습을 바라봤다. 예비 추출을 통해 바리스타가 에스프레소를 한 모금 마셔본 후, 세팅을 다시 잡고 다시 예비 추출. 또다시 추출해서

감각적인 인테리어를 활용한 책걸이.

마무리하고 미소와 함께 맛있게 드시라는 말을 곁들여 에스프레소를 내게 건넸다. 바리스타 경력은 가지고 있었지만, 이곳에서 일한 지 한 달도 채 되지 않았다는 그녀는 굉장히 친절했고 바리스타로서 역량 또한 뛰어났으며 편안하게 손님을 대하는 모습이 인상적이었다. 개인적으로는 이렇게 가게에서 일을 시작한 지 얼마 되지 않은 직원이 이 정도라면 다른 직원들은 어떨지 굳이 만나보지 않아도 알 수 있을 것 같았다.

카페의 첫인상이 좋았던 것처럼, 에스프레소도 기대를 저버리지 않았다. 깔끔하고 부드러우면서 목 넘김이 좋았던, '맛이 있다'고 느껴지는

에스프레소 음료를 제공하기 위해 예비 추출을 하고 있다.

맛이었다. 무난했고 특별히 나쁜 맛도 없었고 너티하면서 약간의 화사함 그리고 뒷맛도 깨끗했다. 에스프레소는 탄산수와 함께 제공되는데, 커피를 마신 다음 탄산수를 마셔 입안을 깔끔하게 정리하여 환기할 수 있었다.

카페 공간은 그리 크지 않았지만 요모조모 자리 배치를 잘했다는 인상을 받았다. 인테리어 역시 단순함을 주제로 곳곳에 포인트를 주어 재미있었다. 기억에 남는 건 우유갑 모양으로 된 원두 박스를 잘 활용하여, 인테리어와 외부 조경으로 사용한 모습이었다. 이런 독특함은 사람들에게 호기심을 자극해서 SNS에 자발적으로 글을 올리게끔 만

우유갑 모양의 원두 패키징. 하나 사서 방에 두기만 해도 예쁠 것 같다.

들어서 직간접적 홍보 효과를 내고 있었다.

1호점을 나와 아까 갔던 2호점으로 옮겨 이번에는 우유가 들어간 커피를 주문했다. 2호점은 강배전 위주라 했으니 두 번 연속 에스프레소를 마시면 1호점과 비교는 확연히 할 수 있겠지만 직원의 말로 어느 정도 맛을 예상할 수 있긴 했다. 이러한 이유로 아이스 솔트 캐러멜 라떼와 빵오쇼콜라 빵을 선택했고, 방문 당시 케이크를 팝업스토어 개념으로 디저트도 판매 중이어서 몽상 클레르의 세라비 케이크도 추가했다. 빵은 주로 바 안쪽의 오픈 주방에서 직접 만들고 있어 구경할 수 있으니 지루하지 않았다.

세라비 케이크는 속에 들어간 과자와 그 위에 가니쉬로 올려져 있던 새콤한 과일 그리고 화이트 초콜릿의 마무리까지 그 조화가 커피랑 마시기에 딱 알맞은, 환상적인 맛이었다. '그게 인생이야'라는 뜻의 세라비를 먹으며 왠지 이런 달콤함이 앞으로 내 인생에 펼쳐질 것만 같아 기분이 좋았다. 진한 캐러멜과 풍부한 에스프레소가 잘 맞아 떨어졌던 커피도 굉장히 맛있었다. 왜 2호점이 디저트 카페로의 역할을 충실히 잘하고 있는지 알 수 있었다. 다만 뺑오쇼콜라는 먹기 전에 잘라 달라고 말하는 것이 좋을 것 같다. 빵 조각이 후두두 떨어져 혼자서 임의대로 잘라먹기엔 생각보다 여간 쉽지 않기 때문이다.

피어 커피에 와서 나의 마음을 가장 흔들었던 것은 다름 아닌 한 문구였다.

'이제는 피어오를 때'

피어 커피 1, 2호점 메뉴판 옆에 쓰인 말이다. 이걸 본 순간 나는 타임머신을 탄 것처럼 10년 전 어느 날의 기억이 생생하게 떠올랐다. 바리스타인 나는 나의 카페에서 내가 원하는 커피를 이곳에 들른 손님에게 드리며 세상에 한껏 피어오르고 싶을 때가 있었다. 그러나 현실은 조금 달랐었다. 바리스타의 급여와 시간적 여유를 모두 갖지 못한 채, 바리스타의 월급으로는 내 가게를 차릴 수 없을 것이라는 결론을 내리고 과감히 바리스타 일을 쉬기로 하고 아무 생각 없이 3년간 저축만 했었다. 5년의 바리스타 생활을 단칼에 잘라내기란 그리 쉽지 않았지만 그리고 다른 일을 시작해서 잘해낼 수 있을 것이란 불안함과 무서움 또한 있었지만, 당시에는 별다른 방법이 없다고 믿었다.

빈에 대한 글을 엽서로 만들어 사람들에게 주고 있어 작은 선물을 받은 기분이 들게 한다.

내가 제일 잘할 수 있는 것. 내가 노력한 만큼 인정받을 수 있는 것. 그렇게 시작한 일이 아이들에게 영어를 가르치는 일이었다. 운 좋게도 나는 영국에서 어학연수를 했었고, 영어를 가르친 적도 있었기에 가능한 일이었다. 아이들을 가르치면서 어떤 고민을 하는지도 들어본 일이 많았다. 대부분 '어른들이 비교 좀 하지 않았으면 좋겠다', '비교하면 나 자신이 한없이 더 낮아지는 것 같은 기분이 든다'는 것이었다. 그때 나는 별다른 조언을 해주지 못했다. 하지만 격하게 맞장구치며 공감은 할 수 있었다. '난 어른이지만 어른들도 비교당하는 건 싫어한다'고. 혼자 조용히 되짚어보니, '무엇이든 지금 당장 비교하는 것보다 오래 지켜보는 것이 좋을 텐데'라는 생각이 들었다.

반지하 옆쪽을 테라스처럼 열어 자연광을 감상할 수 있도록 따뜻한 공간으로 두었다.

커피만 보더라도, 처음 커피를 마실 때는 여러 가지 풍부한 맛이 난다. 그리고 시간이 지나면 온도가 내려가면서 쓴맛이 강조되고, 온도가 더 내려가면 신맛이 튀어 오르고, 결국 마지막엔 물맛으로 바뀐다. 인생은 이보다 더 깊지 않을까? 누군가를 진심으로 알고 싶다면 시간을 가지고 조금 더 지켜봐야 한다고 생각한다. 지금 당장 비교우위를 정하는 즐거움보다 그 사람의 다양한 매력을 발견하는 즐거움을 느낄 수 있을 테니까 말이다.

'이제는 피어오를 때'
그렇다. 이 말은 모두에게 해당하는 말인 것 같다. 모든 일에는 시작이

군더더기 없이 메뉴를 적어둔 판과 그 주변에 설명과 함께 사진을 진열했다.

있고, 변해가는 과정이 있고, 그 끝은 아무도 모르는 것이다. 내 모습이 어떤 모습이든 상관없다. 우리 모두 '이제는 피어오를 때'라고 생각한다. 그리고 그 피어오름 역시 분명 멋진 모습일 것이다.

반얀트리클럽

추천메뉴

캐러멜 솔트 라떼

단 것을 좋아하는 사람들에게 딱인 음료다. 케이크와 함께 마셔도 좋다. 단맛을 좋아하지 않는다면 아메리카노를 마셔보는 걸 권한다.

세라비 케이크

방문 당시 팝업으로 시행하는 케이크이기에 더 희소가치가 있었다. 현재(2018.2)는 카페 내에서 몽상 클레르의 카스테라만 진행하고 있으며 다른 디저트는 이태원 몽상 클레르에 가면 만날 수 있다.

피어 커피 로스터스

홈페이지	www.peercoffee.co.kr
주소	서울특별시 용산구 이태원로 54길 58-3 1층
연락처	02-474-1464
영업시간	월~금요일 09:00~22:00 토요일 11:00~22:00 일요일 11:00~20:00
휴무일	1호점 연중무휴 / 2호점 영업 종료(2018.2)

남산2호터널
남산1호터널
남산
그랜드 하얏트 서울
한강진역
이태원역
이태원1동 주민센터
한남대교

SEOUL CAFE | 4

매뉴팩트 커피 로스터스

MANUFACT COFFEE ROASTERS

사사로우면서도 보편적인 곳에서 만나는 콜드 브루 커피의 정수 요즘 세계적으로 '콜드 브루 커피'가 대세인 것 같다. 일반 마트에서도 쉽게 구할 수 있고 또 여러 카페에서도 콜드 브루 커피를 만나볼 수 있다. 사람들은 콜드 브루cold brew를 더치 커피dutch coffee와 똑같다고 여기는 경우가 많다. 일각에서는 둘이 같은 종류이며 더치 커피는 일본식 명칭, 콜드 브루는 미국식 명칭이라고 하는데 나는 두 커피가 내리는 방식에서 미묘한 차이가 있어 달리 부른다고 생각한다. 더치 커피는 더치 기구에 원두를 담고 차가운 물을 한 방울씩 떨어뜨려 원두를 천천히 적셔가며 적게는 8시간, 많게는 24시간까지 커피를 추출하는 방식이다. 한 마디로 '점적식點滴式' 추출 방식이며 콜드 브루 커피는 이와 다르게 '침출식浸出式' 추출 방식으로 커피를 내린다. 원두를 분쇄하여 종이로 된 필터에 담고 천으로 된 거름망에 그것을 넣은 후, 원형 통에 담아 찬물을 부어 12시간에서 24시간 동안 계속 찬물 안에 넣어서 그렇게 추출된 커피이다. 꼭 이런 방식이어야만 콜드 브루 커피이고, 저런 방식이어야만 더치 커피라고 말하기도 하고, 누군가는 둘 다 똑같은 말이라고 하지만 내 기준에서는 조금 다르다. 더치 커피에 콜드 브루가 속해있을 수 있어도, 콜드 브루에 더치 커피 방식은 포함되지 않는 것. 즉 더치 커피가 조금 더 큰 개념이 아닐까 한다.

많은 카페에서는 콜드 브루 커피를 직접 제작한 병에 담거나 스티커 등을 붙여 자신들만의 정체성을 드러내고 있다. 그래서 '콜드 브루 커피'하면 딱 떠오르는 카페가 있다. 나도 이다음에 카페를 차린다면 저런 방식으로 커피를 내리고 싶다고 생각했었던 곳, 바로 연희동에 있는 '매뉴팩트 커피 로스터스'이다. 매뉴팩트는 연희동에 있는 1호점에 이어 2호점까지 내서 운영하고 있으며 1호점은 형, 2호점은 동생이 하는 가게로 알려져 있다. 연희동에 위치한 1호점은 2층에 있는데

연희동에 있는 아주 작은 1호점은 입구를 그냥 지나칠 수 있으니 잘 찾아 들어가야 한다.

마치 작은 랩실실험실 느낌이 드는 곳이다. 벽면 가득 있는 독특한 더치 시스템이 이곳만의 특징이다. 정수 시스템으로 관을 연결해 바로 물이 떨어지게 한 더치 시스템으로 콜드 브루 커피를 내리는 과정을 직접 볼 수 있도록 공간이 디자인되어 있어 시각적으로 훌륭하다. 일반 손님이 보기에도 좋고, 카페를 운영하는 누구나 '아!'하고 탄성을 지를 만큼 실용적이기도 하다. 커피가 다 내려질 때쯤 병을 빼고 물을 잠가 주어야 하는 약간 번거로운 점이 있긴 하지만 장점에 비하면 대수롭지 않은 것 같다.

아메리카노와 플랫화이트를 마셨다. 아메리카노는 보편적으로 누구

1호점의 커피 추출 공간. 이곳에서 커피를 만들어 손님에게 제공한다.

나 잘 마실 수 있을 것 같았다. 플랫화이트는 무난한 에스프레소 맛을 더욱 빛나게 해주는 맛이었다. 무난하고 묵직한 에스프레소와 우유가 만나 더욱 견과류 특유의 고소함과 단맛을 배가시켜주고 있다. 눈에 띄는 건 음료 가격이었다. 커피를 두고 저렴하다, 비싸다 값어치를 매기는 것이 바리스타인 나에겐 조금 기묘하지만, 이 부분도 카페에 갈 때 고려 대상이라는 점은 부정할 수 없다. 아무튼, 매뉴팩트에서는 카페 안에 앉아 한 잔을 마시고 나갈 때 다시 한 잔을 사서 나가더라도 이 두 잔이 다른 카페의 한 잔 가격과 같다. 그래서 조금 찾기 어려운 골목에 있어도 더욱 이곳을 찾게 되는 요소가 아닐까 짐작해보았다. 사실 개인적으로 이곳은 작은 공간에 더치 시스템을 전면으로 두어

매뉴팩트의 명물로 자리 잡은 더치 커피는 재미있는 눈요깃거리이다.

'커피'를 주력으로 한다기보다 빈과 더치에 더 힘을 주는 느낌의 카페 같기도 했다.

이런 더치 시스템이 좋아 1호점에 자주 갔었는데 스타일을 조금 다르게 한 2호점이 오픈되었다는 소식을 듣고 2호점도 곧바로 찾아가 보았다. 1호점은 지극히 개인적인, 카페 주인장의 생각이나 개개인의 기호에 맞게 꾸민 카페 분위기라면, 2호점은 좀 더 유행에 맞고 대중적인 곳이라는 인상을 받았다. 소비문화를 주도하는 20~30대 여성층, 이들이 각종 SNS나 블로그 등을 잘 활용하고 있기에 이 특성에 잘 부합하는 곳이었다. 카페 책꽂이에 한두 권은 반드시 꽂혀 있는 라이프

2호점의 더치 시스템은 훨씬 더 크고 인테리어적 요소라고 느껴질 정도로 잘 꾸며져 있다.

스타일 잡지에서나 나올법한 그런 분위기였다.

이곳에서는 매뉴팩트에서 가장 인기인 더치 커피를 주문했다. 폴 고갱으로 내린 더치 커피였으며, 역시나 제조과정이 그대로 드러나 있어서 '나도 한번 마셔보고 싶다', '혹은 구매하고 싶다'라는 욕구를 자극한다. 한 모금 마셨을 때 예상보다 뛰어난 맛에 깜짝 놀랐다. 간혹 이런 한 스타일로 내리는 콜드 브루는 약간 산미가 발현되어 발효된 맛이 심하게 나는 경향이 있기도 한데, 이곳은 그렇게 심하지 않은 맛에 균형도 좋았고 산미도 적절히 배제되어 괜찮았다. 매뉴팩트의 대표 블렌드인 폴 고갱 원두가 콜드 브루와 굉장히 잘 어울린다고 생각했다.

2호점의 모습. 1호점과 다르게 플랜테리어를 잘 활용하여 안정감을 준다.

사진 김준근

2호점은 큰 테이블을 중앙에 하나 두고 사람들이 공유하는 방식으로 좌석이 배치되어 있다.

2호점은 라이프 스타일 카페라는 말과 잘 어울리는 만큼 압구정 도산 공원 근처에 있다. 분위기의 특성상 남성보다 여성 손님들이 많긴 했다. 적당히 조용하면서 서로 친밀감이나 비밀 이야기를 나누기 편한 공간이란 생각이 들었다. 겉모습은 다르지만 이곳 역시 빈과 더치에 무게를 두고 있다. 손님들의 손에는 더치나 빈이 들려 있는 경우가 많았는데 커피를 마시고 나갈 때 하나 사기 딱 좋게끔 작고 깔끔한 패키지로 판매하고 있어 구매 욕구가 샘솟게 되지 않나 싶었다. 야외에 나가면 압구정 골목길이 한눈에 보인다. 사진을 찍어 하루 일부를 기록해도 좋고 자리에 앉아 조용히 음악을 들어도 좋을 것 같았다. 바쁜 일상에서 이런 빌딩 숲 사이에 이런 공간이 있다는 것이 오히려 운치

따뜻한 오후, 채광이 좋은 2호점의 커피 바.

있게 느껴져 감사한 마음이었다.

이처럼 매뉴팩트 1호점은 사사로운, 자신의 스타일을 고수하며 연희동 보이지 않는 골목에서 단단히 서 있는 듯했고, 2호점은 보편적이면서 유행에 앞장서 자신의 것을 내보이기보다 다른 사람에게 맞춰가는 것 같았다. 당신이 원하는 카페가 어디인지 모르고 당신이 선호하는 스타일이 어디인지 모른다면 매뉴팩트를 찾아가는 것부터 시작해보자. 이 두 곳만으로도 당신이 선호하는 스타일이 무엇인지 충분히 느낄 수 있을 만큼 매력적인 곳이기 때문이다.

뉴팩트 커피 로스터스
1호점

홍대입구역

추천메뉴

플랫화이트

무난하고 묵직하면서 균형이 잘 잡힌 에스프레소가 우유와 만나 너티한 맛을 낸다. 단맛도 간간이 느껴져 누가 마셔도 맛있을 듯하다.

콜드 브루

매뉴팩트에서 가장 인기 있는 메뉴이다. 매뉴팩트 하면 콜드 브루 커피가 생각날 정도의 고유함을 자랑한다. 폴 고갱(블렌드 원두)으로 내린 콜드 브루가 맛있게 마시기 좋다.

한남동

동호대교

남산

여의도

매뉴팩트 커피 로스터스
2호점

도산공원

주소	1호점 서울특별시 서대문구 연희로 11길 29 2호점 서울특별시 강남구 압구정로 46길 50 3호점 서울특별시 서초구 서초대로 27길 15
연락처	1호점 02-6406-8777 2호점 02-3442-0914 3호점 02-535-0804
영업시간	1호점 09:00~18:00 2호점 10:30~20:00 3호점 08:00~17:00
휴무일	1호점 일요일 / 2호점 월요일 / 3호점 일요일

SEOUL CAFE | 5

앤트러사이트 커피 로스터스

ANTHRACITE COFFEE ROASTERS

새로 태어난 낡은 공장에 흐르는 커피와 문화의 향기

새로운 가게를 열고 새로운 인테리어로 단장하는 풍경. 폐점 이후 완전히 새로운 가게가 들어서거나, 업종이 같아도 주인이 바뀌면 기존 모습에서 탈피해 새롭게 바뀌는 것을 우리는 흔히 볼 수 있다. 예전부터 전해져오는 풍수지리설처럼 목이 좋은 장소를 고르거나 기존의 물건을 재배치하는 것처럼 말이다. 한국뿐만 아니라 유니버설 스튜디오 등 해외에서도 풍수 전문가를 고용해 직장 내의 에너지를 개선하기 위해 노력한다 하니 공간을 새롭게 단장한다는 건 분위기를 환기하고 새 출발 하는 기분일 것이다. 그러나, 오히려 이런 기존의 틀을 벗어나 옛 모습을 남겨두어 오히려 인기를 끌고 있는 카페가 있다. 같은 업종이었던 건물을 그대로 둔 것도 아니다. 전혀 다른 분야의 공간을 고치지 않고 유지한 카페, '앤트러사이트 커피 로스터스'이다.

신발을 만들던 폐공장이 카페로 바뀌었다. 공장과 카페라니. 단어를 나란히 읽기만 해도 좀 어색하다. 공장이었던 장소를 카페로 만들고, 그 공간을 그대로 활용하여 날것의 모습까지도 인테리어로 이용한 곳이 앤트러사이트이다. 인더스트리얼industrial 모습을 그대로 보여주고 있는데 한때 이런 인테리어가 유행했던 시절의 선발주자 격이었던지라 이제는 가장 대표적인 카페로 자리 잡은 것이다. 컨베이어 벨트를 이용해 커피 바를 구성하고 그 위에 각종 커피 머신과 수많은 드립퍼를 배열함으로써 사람들의 시선을 사로잡은 것, 딱딱한 바닥의 러프함을 그대로 두고 무언가에 찍힌 자국 하나까지도 멋으로 보이게 한 것, 건물 밖의 전선 정리를 구태여 하지 않고 그대로 둔 것, 2층 구조물의 노출을 마감하지 않는 등 그야말로 획기적이었다. 지금은 이런 방식이 널리 알려져 신선함보다는 공간 자체를 감상할 뿐이지만 앤트러사이트 공장 자체에서 풍기는 것은 인위적으로 만들어낼 수 없기에 저절로 고개를 끄덕이게 된다. 입구에서부터 카페의 공기에 사로잡혀 1층으로 들어서면 커피바와 빈을 진열해둔 선반, 듬성듬성 자리 잡은 대기하는 곳, 안쪽으로 길고 크게 연결된 로스팅룸, 각종 디저트를 볼 수 있는 진열창까지 단순히 둘러보는 것만으로도 행복이 충만해져 음료를 주문하고 기다리는 것마저 즐길 수 있다.

나는 우선 묵직함과 복합적인 맛이 조화를 이룬다는 버터 팻 트리오 butter fat trio 빈을 선택하고, 이 묵직함과 어울리는 고운 우유 거품이 위에 올라간 카푸치노를 주문했다. 벨벳 거품이 올라가는 이곳의 카푸치노는 위에 라떼 아트가 예뻤는데, 카푸치노는 음료 특성상 시간이 지나면 거품이 점점 깨지기 때문에 지체하지 않고 차근차근 마시는 것이 좋다. 버터 팻 트리오를 제외한 다른 빈들은 저마다 특징이 뚜렷해서 우유가 들어간 음료보다는 아메리카노나 다른 음료에 좀 더 잘 어울릴 것 같다. 예를 들어 앤트러사이트의 원두 중 하나인 '공기와 꿈' 단맛을 위주로 산미와 플로럴 향이 난다. 약간 호불호가 있을 수 있으며 묵직한 바디감보다는 균형 잡힌 중간 정도의 바디감이라 아메리카노로 더 제격이다. 유명한 '나츠메 소세키' 원두 같은 경우 호불호가 많이 갈리는 빈인데 누군가에게는 굉장히 맛있는, 누군가에게는 입에도 못 댈 만큼 강한 산미를 가진 원두이므로 기호에 따라 선택하는 것이 좋을 것 같다. 우유가 들어가면 강한 산미가 중화되지만 오히려 매력이 반감될 수 있으니 아메리카노나 에스프레소를 더 권한다. 만약 우유가 들어간 베리에이션 음료를 마시고 싶다면 묵직하고 초콜릿티한 맛이 지배적인 버터 팻 트리오가 제격이라고 생각한다.

그렇게 1층에서 음료를 받고 2층으로 올라가기로 했다. 올라가자마자

로스터기가 한쪽에 있어 커피 전문점이라는 게 확 느껴진다.

1층에 있는 창을 이용해 좌석을 둔 것이 고풍스러우면서도 따뜻했다.

1층 한쪽을 차지하고 있는 큰 테이블 역시 정체성에 맞게 고풍스럽고 인더스트리얼 요소가 다분하다.

속으로 크게 감탄하며 더한 기쁨을 느꼈는데 1층에서는 볼 수 없었던 핸드메이드 가구 브랜드의 앤틱 가구들이 보였기 때문이다. 이런 가구가 공장 느낌, 인더스트리얼 카페에 가장 잘 어울리는 가구라고 생각해 와서 그런지 마치 하나의 몸처럼 찰떡 같이 맞아 떨어져 보였다. 어두운 조명과 자연광, 그 안에서 테이블마다 조금씩 풍기는 커피의 향, 사람들 사이에서 피어나는 소곤소곤 대화들이 이곳을 잘 드러내고 있었다. 또한 구석에서 기타를 튕기며, 음악을 만드는 이들이 이곳과 이질감 없이 잘 어우러지니 카페 이상의 곳을 찾아온 듯한 기분이었다.

커피 맛도 좋고 앤트러사이트의 이 공간을 사랑하는 사람들이 늘어나

폐공장의 컨베이어 벨트를 바로 개조하여 쓰고 있는 모습이 신기했다.

면서 입소문을 타고 흘러 지금 앤트러사이트는 서울 합정동, 한남동 그리고 제주도까지 매장을 넓혔다. 이미 너무 많은 사람에게 알려진 앤트러사이트이지만, 그런데도 이곳을 소개하는 이유는 복합문화공간이라고 할 정도로 커피에 여러 문화를 녹여내려 했고 여기에 사람들이 참여할 수 있게 독려하고 있기 때문이다. 빈의 이름에서부터 이곳이 문화를 사랑하는 게 여실히 느껴진다. 가스통 바슐라르의 책 제목을 딴 '공기와 꿈', 아름다운 피아노 선율과 묵직하게 그 밑을 받쳐주는 콘트라베이스, 박자를 맞춰주는 드럼의 하모니처럼, 5가지 빈이 블렌딩 되어 조화를 이루는 '버터 팻 트리오', 일본 문학의 아버지라고 불리는 작가 '나츠메 소세키'와 동명인 원두. 여기서 끝이 아니라 역사가 있는 커피 한 잔으로 우리의 하루가 달라질 수 있다는 신비로운 주문을 걸어 보기를 바라며 만든 '히스토리 미스테리'까지 음악, 소설, 작가 등 각 원두의 특징에 맞게 의미를 부여하여 빈의 이름을 지었다. 시기에 따라 준비되는 원두가 다르니 참고해두는 것이 좋다.

내가 앤트러사이트에 방문했을 때는 사운드 드로잉의 사진 전시회가 열리고 있었다. 제주도에서 사운드 드로잉이라는 이름으로 활동 중인 작가 송철의 씨는 영국 어학연수 시절 나와 스치듯 만난 적이 있는 작가이기도 하다. 한국에 돌아와 사진을 찍고 있다는 말을 듣긴 했었는데 그가 제주와 서울, 바다 건너 영국까지 잘 알려진 사진작가가 될 줄은 몰랐다. 인연이라는 것이 새삼 또 이렇게 신기했다.

앤트러사이트는 공간의 특징이 너무 뚜렷한데, 사실 이것만으로는 이곳이 이렇게 유명해질 수는 없었을 것이다. 공간 말고도 커피에도 신중에 신중을 기해 더 맛있는 커피를 제공하려 머신부터 심혈을 기울인 모습이 엿보여서 이곳이 더 사랑받지 않을까 싶다. 또한 전문적인 직원들을 채용함으로써 커피에 관하여 손님들에게 믿음을 주고 있기까지 하다. 예를 들어 커피 드립이나 빈, 혹은 메뉴에 관해 물어본다고 하자. 그러면 그들은 바리스타로서 역량을 발휘하여 단순히 커피 레시피를 설명하는 것이 아니라, 이 커피가 어떤 방식으로 만들어지며 다른 것과 어떻게 다른지를 비교해주고, 어떻게 마셔야 맛을 더 잘 느낄 수 있는지 등을 세심하게 설명해준다.

새로운 출발을 한다고 해서 예전의 아름다운 모습을 마구 해치지 않고 그대로 지켜내어 자신들의 색깔을 곳곳에 드러내고 인더스트리얼

구멍 뚫린 벽을 그대로 둔 것. 벽 너머 반대편이 그대로 보인다.

널찍한 곳에 조잡함이 느껴지지 않도록 크고 작은 테이블을 조화롭게 둔 모습.

날이 좋다면 햇빛 아래에서 선선한 바람을 적당히 쐬며 커피를 마셔도 좋을 것 같다.

문화를 이끈 앤트러사이트. 이들이 이룬 카페문화만으로도 이곳에 방문할 이유는 충분하다. 문화의 거리에서 문화를 사랑하는 카페가 함께하는 것, 이것만으로도 카페의 존재 이유는 그 의미가 있다.

추천메뉴

'공기와 꿈' 아메리카노

공기와 꿈은 전체적으로 좋은 균형으로 이뤄진 단맛이 사람들에게 맛있다는 첫인상을 준다. 특히 마지막 애프터 테이스트로 올라오는 산미는 약하지만 잔잔하게 느껴져 이게 바로 기분 좋은 산미라는 걸 알 수 있을 것이다.

레몬 마들렌

레몬의 상큼한 맛이 아메리카노의 단맛과 어우러져 서로 시너지를 나타내는 맛이다. 그 밖에 사람들이 많이 찾는 산딸기 브라우니도 많이 달지 않아 커피와 잘 맞다.

가좌역
홍대입구역
합정역
대흥역
공덕역
국립극장
남산
삼각지역
용산역
여의도역
신길역

사이트 커피 로스터스
합정점

앤트러사이트 커피 로스터스
한남점

홈페이지	www.anthracitecoffee.com
주소	합정점 서울특별시 마포구 토정로 5길 10 한남점 서울특별시 용산구 이태원로 240 서교점 서울특별시 마포구 월드컵로 12길 11
연락처	합정점 02-322-0009 한남점 02-797-9009 서교점 02-322-7009
영업시간	합정점 월~토요일 11:00~24:00 일요일 11:00~23:00 한남점 월~목요일 09:00~22:00 금요일 09:00~23:00 토~일요일 10:00~23:00 서교점 매일 09:00~22:00

* 서울 지역을 안내하므로 제주점 정보는 따로 기재하지 않았습니다. 홈페이지에서 확인하실 수 있습니다.

SEOUL CAFE | 6

502 커피 로스터스

502 COFFEE ROASTERS

원두도 사고 명인의 커피도 무료로 맛볼 수 있는 로스팅랩

2009년, 평소와 다름없이 시즌이 돌아오기를 기다리던 야구 팬들은 WBC가 개최되면서 더 빨리 야구 경기를 볼 수 있다며 반가움을 드러냈다. 야구 팬뿐만 아니라 전국적으로 들썩였다고 하는 것이 더 맞겠다. 일본전에서 이진영 선수가 슈퍼맨처럼 날아올라 홈런을 잡아내는 장면을 회자한다든지, 메이저 리그에서 온 한국 타자의 저조한 성적을 비난하다 그 선수가 결국 4강에서 홈런을 쳤을 때 '역시 메이저 리거'라며 모든 걸 잊고 추켜세운다든지, 야구를 그리 좋아하지 않는 내 친구마저도 야구 이야기만 했을 정도로 말이다.

이 WBC의 열기가 채 가시기도 전, 바리스타들은 그해 열린 또 다른 WBC에 관심을 쏟고 있었다. 보통 WBC라고 하면 사람들은 월드 베이스볼 클래식World Baseball Classic을 떠올리지만, 바리스타들에게는 월드 바리스타 챔피언십World Barista Championship을 말한다. 이것도 바리스타계의 월드컵이라고 생각하면 되고 아직은 그들만의 리그라고 불리고 있지만, 점차 좋은 성과를 내는 바리스타들 덕분에 조금씩 알려지고 있다. 현재 커피 그라피티 대표인 이종훈 바리스타가 2009년, 결선의 문턱에서 떨어지던 징크스를 깨고 결선에 진출해 최종 5위에 입상하였고 이후로 한국 선수들이 WBC에 큰 꿈을 갖고 도전하게 되었다.

2017년에는 서울에서 WBC가 개최된다. '바리스타', '라떼 아트', '사이포니스트siphonist', '브류어스 컵brewers cup', 흔히 커핑이라고 말하는 '컵 테이스트', 알코올을 접목한, 커피의 칵테일이라고 하는 '굿 스피릿', 터키식 전통 추출법을 겨루는 '체즈베-이브릭cezve-ibrik'까지 총 7가지 부문으로 나누어 경연을 펼친다. 2016년도 WBC에서는 라떼 아트 부문에서 처음으로 한국의 바리스타 엄성진 씨가 우승을 거머쥐

직원들의 수상 경력을 한눈에 알 수 있게 상패들이 한쪽에 진열되어 있었다.

었다. 컵 테이스트 부문에서도 '502 커피 로스터스'의 이동호 로스터가 마지막 1개 컵까지 접전을 펼치며 준우승이라는 성적을 거두었다.

로스터의 기본 요소인 퀄리티 컨트롤Q.C.을 위해 '커핑'이라는 수단으로 끊임없는 연습을 하여 세계 2위의 자리에 오른 이동호 로스터. 그는 평소 502 커피에서 매일매일 커피를 볶고, 퀄리티 컨트롤을 하고, 그 커피를 매장으로 내어 손님과 맛을 공유한다. 커피 맛에 관심이 많은 나는 그런 바리스타의 손에서 추출된 커피가 너무나도 궁금했다. 그래서 먼 거리를 감수하고 502 커피로 향했다. 502 커피에 도착하면 '이동호 바리스타 월드컵 테이스터 준우승'이라는 현수막이 크게

간소하지만 깔끔하고 잘 갖추어진 502의 바 구성.

붙어 있었다. 같이 커피를 하는 사람으로서 그 노력이 얼마나 대단한 것인지 잘 알기에 그 무게가 새삼 더 느껴졌다.

검색해보니 502 커피는 가산 디지털단지 쪽에 두 군데가 있었고 이동호 로스터가 있는 곳은 카페 매장이 아닌 로스터리여서 그곳으로 갔다. 502 커피 로스터스 대표님께 이름이 왜 같은지 여쭈어보았는데 맨 처음 502 커피 로스터스에서 테이크아웃 전문점으로 카페 매장을 여러 곳 컨설팅해줘서 그런 거라고 하셨다. 그래도 사람들이 많이 헷갈릴 것 같다며 조심스레 말을 건넸지만 예전 이름을 유지하길 원하는 다른 502의 사장님 뜻을 존중해 그대로 두기로 했다고 한다. 어찌

되었든 이동호 로스터가 있는 곳은 카페 매장이 아닌 '502 커피 로스터스'이니 참고하면 좋겠다. 502는 커피보다 빈을 사려고 줄을 선 손님들이 많았는데, 바쁜 직장인들이 하루를 견디며 기분 전환하기 위해 커피를 마시지 않고 빈을 산다는 것이 인상적이었다. 502가 오프라인, 온라인 모두 원두를 주로 다루고 판매하는 커피 랩이긴 하지만 이렇게까지 인기가 좋을 줄은 몰랐다. 그리고 더 재미있던 건 빈을 사고 나오는 사람들의 손에는 다들 커피를 들고 있었다는 것이다.

원두를 주로 파는 곳인데 사람들이 들고 있는 커피 잔이 거의 비례하여 어찌 된 일인지 궁금해서 계속 지켜보았더니, 빈을 사면 커피를 무료로 제공하고 있었던 거였다. 게다가 단체로 와서 그중 1명이 빈 1개만 사더라도 일행 모두에게 커피를 제공하고 있었다. 그러면 빈을 무료로 주는 거나 다름없는 게 아닐까 염려스럽기도 했다. 왜 이렇게 하는지 여쭈어보았더니

— 많은 사람이 좋은 원두를 사서 커피를 내려 마시고, 재구매를 한다는 게 결국 좋은 것 아닌가요? 그냥 손님들이 저희 커피를 좋아하면 됐죠, 뭐.

하고 너털웃음을 짓는 것이다. 무언가 별다른 조건(?) 없이 커피를 드리고 커피에만 매진하는 모습이 얼마나 커피를 좋아하는지를 잘 알 수 있었다. 보통 커피를 내릴 때 드립이나 아메리카노로 해서 주기 마련인데 아메리카노, 드립, 라떼 중 하나를 선택하면 그에 맞춰서 드리는 것에도 손님을 배려하는 것이 여실히 느껴졌다. 중요한 요소인 커피 머신도 상급인 라마르조꼬 gs3를 사용하며 그라인더 또한 최상급

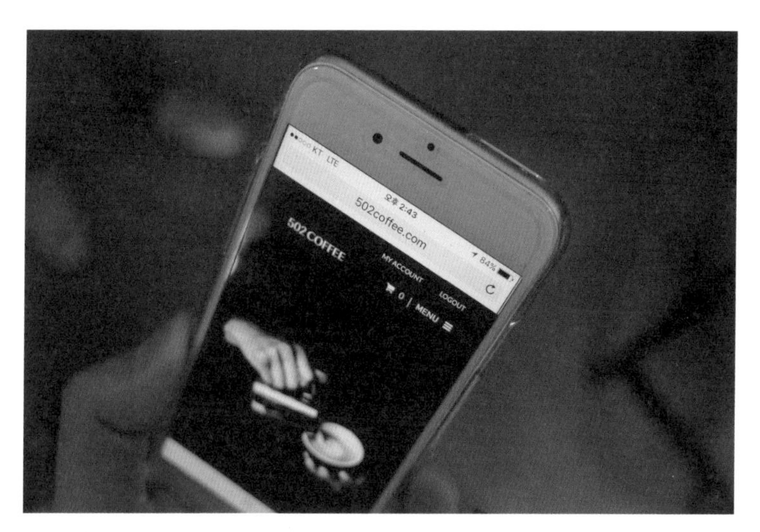

502의 빈은 매장뿐만 아니라 인터넷으로도 만나볼 수 있다.

으로 갖추어져 있고, 주변 어떤 가게보다도 퀄리티 좋은 커피를 마실 수 있기까지 해서 이곳의 모든 점에 감명받았다.

나는 빈을 사고 아메리카노를 마시기로 했다. 블렌드를 딥씨 블렌드와 램블 블렌드로 나누어 진한 단맛의 풍미를 좋아하는 사람들, 산미를 중시하는 사람들이 각자 기호에 따라 커피를 선택할 수 있도록 했는데 나는 두 가지 다 마셔보았다. 미디엄 로스팅을 한 램블 블렌드는 깔끔하게 떨어지는 맛이 좋았다. 산미가 약간 있어서 호불호가 갈리기도 하겠지만, 이 정도 과일 향이 나는 산미는 커피를 즐기는 사람들에게 얼마든지 사랑받을 것 같은 맛이었다. 딥씨 블렌드는 고소한 향

502는 로스팅 머신인 프로밧과 트리니타스 그리고 후지 로얄의 디스커버리까지 총 3대를 운용하고 있다.

하남의 탐스 콘셉트 매장에 들어가는 빈의 블렌드 디자인에 참여한 모습이다.

미에 균형이 좋았고 램블 블렌드와는 달리 단맛이 약간 묵직하게 다가와 더 대중적인 편에 속한다고 느꼈다.

산미를 선호하는 사람이라면 램블 블렌드를 사용한 커피도 맛있게 마실 수 있겠지만, 개인적으로는 딥씨 블렌드의 묵직한 맛에 더 끌렸다. 딥씨 블렌드를 사용한다면 아메리카노뿐만 아니라 우유가 들어간 베리에이션 음료에서도 우유의 맛이 밀리지 않아 더 좋은 풍미를 낼 것만 같다.

솔직히 이야기하면 세계 2위 이동호 로스터의 손에서 나오는 커피는 무언가, 조금 더 확연히 다른 특별함이 있을 것이라는 기대가 매우 컸다. 하지만 그러한 내 생각을 비웃기라도 하듯, 그는 매장에서 로스팅을 하고 판매를 함에 있어 자신이 주체가 되는 것이 아니라 한발 물러나 손님만을 위한 커피, 즉 무엇이 더 중요한지를 보여주고 있었다. 그의 로스팅은 좋은 맛을 빛나게 하려고 좋지 않은 맛들을 받침으로 쓰는 것이 아니었다. 카페의 정체성과 대중성을 충분히 고려해 누가 마셔도 모나지 않은, 손님이 느끼기에 나쁜 맛을 최대한 배제하기 위해 로스팅하는 그의 모습에서 프로다움이 읽혔다. 과한 신맛, 과한 쓴맛, 너무 밍밍한 맛 등, 이런 맛이 과하게 느껴지면 조금 버겁게만 느껴지는데 이곳은 그렇지 않았다.

로스팅하고 고유한 커피 맛을 구현한 후 퀄리티 컨트롤을 통해 다시 검토하여 결과물을 바리스타에게 넘겨주는 작업, 커피 추출에 대해 바리스타와 로스터가 서로 의견을 공유하는 과정까지, 이것이 502 커피가 소문의 그 카페로 자리 잡은 이유가 아닐까 생각했다.

직원들의 노력 때문일까? 그들의 실력은 이미 주요 기업 사이에서도 소문이 난 것 같다. 그래서 하남 스타필드의 탐스 콘셉트 매장에 502 커피 로스터스가 빈의 블렌드 디자인을 하는 데 참여했다. 취지가 좋아서 502 커피와 그들은 1년간 함께 하기로 했다고 한다. 블렌드는 카르페디엠, 써밋 2가지가 있다. 카르페디엠은 본래 미국 탐스에서 사용하고 있는 원두 이름이며 써밋은 한국에서만 사용하고 있는 독자적인 블렌드로 산봉우리라는 뜻인데 창업자의 아들 이름과 같은 것도 재미있는 요소다.

어떠한 '타이틀'이 모든 걸 설명해주는 것은 아니다. 금융전문가라고 해서 항상 재산을 불릴 수 있는 것이 아니기에 월드 바리스타 챔피언십에서 좋은 성적을 거두었고 어느 기업과 협업한다 할지라도 그 사람이 말하는 커피가 반드시 절대적으로 최고라고 단정 지을 수는 없다. 실제로 바리스타가 어떤 마음가짐으로 어떻게 커피를 내리는지가 더 중요하지 않을까 싶다. 그래서 나는 타고난 감각보다 노력이 최우선이라고 생각하며 맛있는 커피를 위해 전념하는 이동호 로스터가 더 대단하게 느껴진다. 또, 이런 로스터의 노력을 믿고 도와주며 최상의 그린빈을 구하기 위해 힘쓰는 502 커피 김삼중 대표님, 로스터의 결과물을 가지고 최고의 커피를 추출하는 김선엽 바리스타 — 2016년 WBC 라떼 아트 부문 본선 진출자이기도 하다 — 까지, 오롯이 커피를 위해 자신의 자리에서 노력하는 이들의 모습이 언제든 502 커피에 찾아가 커피를 마셔볼 수 있게 하는 힘이 아닐까 생각한다.

추천메뉴

딥씨 블렌드 아메리카노

묵직한 바디감, 과하지 않은 다크 초콜릿의 쌉쌀한 단맛이 느껴지는 음료이다.

싱글 오리진 핸드드립

그때그때 시기에 맞는 생두로 로스팅하여 눈앞에서 바로 내려주는 핸드드립 커피는 자신의 기호에 맞는 빈을 사는 데에 많은 도움이 된다. 빈을 사면 무료로 커피를 내려주니 이보다 더 좋을 수 없다.

502 커피 로스터스

홈페이지	www.502coffee.com www.facebook.com/502coffeeroasters www.instagram.com/502coffeeroasters
주소	서울특별시 금천구 가산디지털 1로 159-20 홍영물산 1층
연락처	070-4128-4289
영업시간	10:00~19:00
휴무일	SNS로 공지

SEOUL CAFE | 7

레드 플랜트

RED PLANT

추억을 떠올려 당신의 삶을 더욱 특별하게 만들어주는 카페 얼마 전 영화 〈타이페이 카페 스토리〉를 보며 오늘 "당신은 당신만의 이야기를 가지고 있는가?"라는 질문을 마주했다. 내가 나의 이야기를 가지고 있었던 때가 있었는지 가만히 생각해보니, 영국 어학연수 시절 런던에 머물렀던 때가 저절로 떠올랐다. 점심은 언제나 학원 지하에 있는 카페나 학원 앞 대영 박물관의 공터에서 먹곤 했었던 기억들. 넉살 좋은 학생들, 때로는 노부부, 혹은 관광객들과 함께 곧잘 서로의 나라에 대해, 어제 봤던 TV 프로그램에 대해, 공지도 없이 갑작스럽게 문을 폐쇄해버려 짜증 났던 지하철 공사에 대해 서로 이야기하고, 듣고 정해진 형식도 장르도 없이 즐거워했다. 말을 다 알아듣지 못해도 마음은 온전히 통했던 그 시절의 이야기들이 새록새록 떠올랐다.

지금은 사라진 옛날 그 빵집에서 샌드위치를 먹던 기억, 파리 에펠탑 공터 컨테이너 아래에서의 추억, 과일이 많이 올라가 있는 타르트를 보며 도쿄 다이칸야마의 유명 타르트 가게에 찾아가 즐겁게 타르트를 먹었던 순간, 오코노미야키를 먹으며 오사카에서 당신과 함께했던 나의 시간들, 이 모든 기억을 꺼내보이듯, 영화에서는 "당신은 당신만의 이야기가 있습니까?"라고 물으며, 진정한 자신의 가치에 관해 묻고 있다. 오랜만에 즐거운 생각들을 끌어내고, 감상을 끄적끄적하는데 예전에 가서 이야기를 나누던 한 카페가 생각났다.

합정역을 지나 뒤편에 조그맣게 자리 잡은 '레드 플랜트'. 내 가게를 운영하며 직원들과 좋았던 카페, 맛있었던 커피 이야기를 나누던 중 한 직원에게 합정동에 가면 꼭 들려보셔야 한다고 추천받은 곳이었다. 그 말을 흘려듣기를 몇 달. 합정역에서 친구와 만나고 길을 잘못 들어 큰 길을 찾아 거리를 뱅뱅 돌다가 우연처럼 레드 플랜트를 만났

레드 플랜트의 이름으로 커스터마이징한 스피릿 머신.

다. 사실 이곳에 들어가자마자 너무 친절하다 못해 조금은 과할 수도 있겠다고 생각할 정도로 밝게 인사하는 직원에 살짝 놀랐었다. 그렇지만 결코 기분 나쁘다고 할 수 없는 친절함이었다. 이번에도 요즘 커피를 '제대로' 내린다는 여느 카페들처럼 에스프레소 종류를 선택해야 했는데 잠시 고민을 하고 있자 어김없이 직원이 친절하게 안내해 주기 시작했다. 나와 친구의 취향을 먼저 묻고 각 빈의 특징을 설명하면서 커피를 추천하는 모습이 매우 익숙해 보였다. 주문하고 자리에 앉자마자 갑자기 손님 10명 이상이 단체로 들어왔다.

우리는 드립과 에스프레소, 원두를 주문했는데 커피를 내리는 데 시

바리스타의 역량만 잘 갖추어진다면 좋은 에스프레소를 뽑아내기에 적합한 커피 머신들에 틀림없다고 생각했다.

간이 좀 걸리기 때문에 단체 손님의 주문부터 먼저 처리하고 바로 드리겠다는 말을 해주었다. 단체 손님에게 순서를 밀렸다는 느낌보다는 좀 더 우리를 신경 써주는 것 같았다. 나 역시 가게에서 일하다 보면 에스프레소 메뉴에 조금 더 신경을 쓰게 되고, 자세히 살펴야만 제맛 그대로를 전할 수 있는 에스프레소 메뉴가 오히려 손님에게 드리는 데 시간이 오래 걸린다는 것을 잘 알고 있기에 충분히 이해할 수 있었다. 지금은 없어졌지만, 예전에 가본 적이 있었던 어느 카페에서는 에스프레소가 아메리카노보다 더 값이 비싸기도 했으니까. 아메리카노는 기본 세팅에서 많이 틀어지지 않는 이상 손님에게 나가게 될 때가 있지만, 에스프레소는 샷을 3잔 또는 4잔에 걸치기까지 하여 정확한

새로 문을 연 2호점(연남동)의 로스팅 룸.

추출 후에 맛을 보고 제공해야 해서 어쩔 수 없이 값을 더 받게 된다는 그 카페 사장님의 설명이 떠올랐다.

에스프레소의 중요성에서 다시 레드 플랜트의 이야기로 돌아오자면, 단체 손님들로 인해 작은 가게가 곧 시끌벅적해졌고 손님 중 한 명이

— 사장님 여기가 너무 맛있어서 동호회 사람들을 다 끌고 왔어요.

라고 말했다. 그 이야기에 바리스타는 음료를 만들면서도 익숙하게 웃으며

— 다들 그러세요! 하하하!

라고 넉살 좋게 대답하는 것이 아닌가. 이런 모습을 보고 손님과의 소통을 되게 편안하게 하는 가게라고 생각했다. 모든 음료가 나오고 이어서 우리 테이블의 음료 역시 내려지고 있었다. 역시나 에스프레소는 맛에 민감한 음료이기 때문인지 1잔을 우선 뽑고 맛보기를 3~4번쯤 반복해서 그들의 마음에 드는 세팅과 맛을 찾아 다시 추출해 우리 자리로 가져다주었다. 이 모든 과정이 음료를 먹어보지 않고도 맛있을 것이라는 이상한 신뢰감을 들게 했다.

물론 커피 맛을 좌우하는 머신, 그라인더, 빈 모두가 탄탄했다. 고가의 커스터마이징 머신, 화사한 맛을 끌어올려 주는 최상급의 그라인더와 스페셜티 커피, 그로 인해 자신들이 느끼고 있는 레드 플랜트의 맛을 손님에게 잘 전해주고자 하는 마음이 잘 전해지는 구성이었다. 이렇게 만들어진 커피로 그들이 만들어나가는 커피 이야기를 온전히 알 수 있었다. 그들이 사용하는 그라인더는 메져 사에서 나온 그라인더 중 현재 최고 사양이라 불리는 것이다. 분쇄 날의 차이인데 일반 카페에서 쓰는 플랫버와는 다른 코니컬버를 사용하는 그라인더라고 생각하면 된다. 앞서 용어 설명에도 나와있지만, 플랫버는 코니컬버에 비해 조금 더 일정한 원두 입자로, 묵직하면서도 일반적인 예상 가능한 커피 맛이다. 코니컬버는 원추형 날이 원두를 파쇄하는 식이어서 더 라이트한 맛이 나지만 오히려 섬세함이 느껴진다. 빈의 특성을 잘 살려줘 산미나 향미를 중시하는 빈에 더 어울리는 그라인더라고 생각하면 편하다. 그래서 스페셜티 빈을 쓰는 카페일수록 빈의 특성을 극대화하기 위해 코니컬버를 사용하는 곳이 많다. 그뿐만 아니라 발열과

꾸준히 인기가 좋은 플랫화이트.

미분에 예민해 자주 세팅을 잡아 주어야 하며 신경을 많이 써야 하는 그라인더이기도 하다. 코니컬버를 사용하는 카페에 가면 나도 모르게 바리스타가 그라인더를 대하는, 추출을 대하는 자세를 보게 되는 경향도 이러한 이유에서이다.

에스프레소라는 음료를 주문하고, 그라인딩부터 우리에게 커피를 서빙할 때까지의 모든 과정을 유심히 바라보고 있었기 때문일까 음료를 마시는 동안에도 바리스타가 나를 보면서 커피의 맛은 어떤지, 더 필요한 것은 없는지 끊임없이 피드백을 물어보았다. 그렇게 나도 개인적인 감상을 담은 평을 하게 되었는데, 은은한 산미와 커피의 균형이

서버에 바로 담긴 아이스 드립이 웃기면서도 센스 있었다.

매우 좋다고, 굳이 억지로 짜내지 않은 맛이어서 편하게 마실 수 있어서 감사하다고 이야기하자 기뻐하는 모습이 자연스럽게 보였다. 사실 나는 커피의 맛에 대해 이러쿵저러쿵 이야기하는 것을 썩 좋아하지는 않는다. 왠지 '나 바리스타요'하며 으스대는 것 같기 때문이다. 하지만 이곳은 정말 딱 이런 식으로 이야기해주길 원하는 눈빛이어서 어느새 술술 말하고 있었다.

모든 상황이 다른 카페라면 어색해했을 법도 하지만 레드 플랜트라서 겪을 수 있는 것 같았다. 바리스타가 자기 일을 기쁘고 즐겁게 하는 것이, 손님과 대화하는 것이, 뭔가 그들만의 웃음과 그들만의 공기가 자연스러웠다. 그런 공간에 앉아 있으니 나도 그들 안으로 녹아 들어가는 느낌이다. 가게의 한쪽에는 벽에 달린 TV 화면이 계속 재생되고 있었는데 레드 플랜트에 대한 소개 영상만이 아니라 스쿠버다이빙에 대한 영상도 있는 것 같아 물어보니, 가게 직원들과 사장님은 모두 스쿠버다이빙을 좋아해서 여름휴가 때 직원, 사장님, 각자 애인들, 모두 함께 스쿠버다이빙을 하러 떠난다고 말하는 것이었다. 원래는 TV 영상으로 가게를 소개하는 것이 목적이었지만, 이런 모습도 함께 있는지라 손님들이 그렇게는 잘 생각하지 못하시는 것 같다고, 그러면서 이것도 저희 가게 그 자체이기에 필요한 것 같다고 덧붙인다.

본질에 충실하면서 그때그때의 상황은 흐름대로 맡긴다는 듯한 그 말에서 멋이 느껴졌다. 한 가게를 이끌어가는 사람으로서 레드 플랜트 사장님의 이런 마음가짐이 부럽기도 했다. 평소에는 손님에게 최선을 다해 집중하고, 쉴 때는 다른 것을 생각하지 않고 오직 자신들의 즐거움에 집중하는 모습이 마치 앞에서 언급한 영화 〈타이페이 카페 스토리〉를 생각나게 했다. 자신들만의 스토리로 가득한 가게. 손님들과의 대화에서, 카페 안에서, 동료들과의 화기애애함 속에서, 며칠 한바탕 휴가를 만끽하면서 그들은 그들만의 이야기를 간직한 채 살아가고 있는 것 같았다. 소소함에도 행복을 느끼는 것. 굳이 거창하지 않아도 되는 것. 이들처럼 일상을 즐겁게 살아간다면 자신만의 이야기를 만들어가는 삶이 되지 않을까 생각한다. 이런 분위기를 또 느끼고 싶어 오늘도 어김없이 그곳으로 향한다.

추천메뉴

아이스 드립 커피

화사한 과일의 향이 부담스럽지 않게 녹아들어
더운 날 특히 청량감을 더할 수 있는 아주 좋은 선택지 중
하나라고 생각한다.

카페라떼

기존 분쇄 커피보다 조금 더 짧고 굵게, 맛의 중심만
담아내는 방식인 '리스트레토'로 추출하여 우유를 가미해
좀 더 진하고 초콜릿티한 맛이다. 이곳에서 손님들이
가장 좋아하는 메뉴이기도 하다.

디지털미디어시티역
월드컵경기장역
마포구청역
연세대학교
홍대입구역
망원역
신촌역
홍익대학교
양화대교
당산철교
당산역

레드 플랜트
1호점

홈페이지	www.redplant.co.kr www.facebook.com/redplant825
주소	1호점 서울특별시 마포구 양화로 7길 53 2호점 서울특별시 마포구 동교로 108 3호점 서울특별시 마포구 동교로 25길 28
연락처	1호점 02-322-5606 2호점 070-4230-5606 3호점 02-335-1125
영업시간	1호점 월~금요일 08:00~22:00 / 토~일요일 10:00~21:00 2호점 월~금요일 08:00~21:00 / 토요일 10:00~20:00 3호점 월~금요일 08:00~22:00 / 토요일 10:00~21:00
휴무	2, 3호점 일요일 휴무

SEOUL CAFE | 8

카페 컴플렉스

CAFFE KAMPLEKS

이탈리아의 향기를 한껏 머금은 나만의 아지트

커피 잡지와 커피 정보 사이트를 매일 구독하는 나는 그곳에 게재된 여러 카페와 바리스타들을 유심히 보고 조사해 두는 습관이 있다. 그리고 쉬는 날이든 잠깐 짬이 나든 카페에 직접 찾아가는 수고를 마다치 않는다. 나도 바리스타이고 커피를 정말 사랑하기 때문이며, 또 이렇게 발품을 팔아 돌아다니는 궁극적인 이유는 내가 가게를 하면서 느낀 한 가지, 바로 '커피 추세' 때문이다.

모든 것에는 트렌드가 있다. 우리 일상에 녹아든 걸 살펴보자. 당장 휴대폰을 켜 SNS에 접속하면 라이프 스타일 잡지를 따라 한 사진들이 떠돌고, TV 예능에서는 '경연'을 주제로 노래, 요리 등 다양한 모습을 볼 수 있다. 이처럼 커피도 맛의 트렌드가 있어서 나도 끊임없이 연구하고 배우고 있다. 이렇게 여러 카페를 찾아다니다 보면 스타일이 2가지로 극명하게 나뉘는 것을 알 수 있다. 한 부류는 고집 있게 자신의 특색을 내세우고 있고, 다른 한 부류는 트렌드에 발맞춰 비슷한 맛을 내고 있다는 것이다. 트렌드에 맞춰 커피 맛의 방향을 바꾸는 카페도 있을 것이고, 아니면 바리스타 본인의 입맛에 따라 커피 맛을 바꿨을 뿐인데 그것이 트렌드가 된 것일 수도 있겠지만, 공통적으로 카페들이 추구하는 맛의 방향이 같을 때가 많다.

이러한 연유로 서울 시내에서 카페 탐방을 하던 중 발견한 곳이 바로 삼성동 뒷길에 숨어 있는 '카페 컴플렉스'이다. 아직 내가 그곳에 가보지 않았다는 것이 신기할 정도로 커피 잡지에 몇 개월 동안 소개되기도 했었고 다른 미디어에도 꽤 많이 노출되었던 카페였다. 그동안 알지 못했던 것이 아쉽고 궁금해서 더 알아보았는데 사장님은 '커피랩'에서 메인 로스터로서 활동한 데다 이탈리아 무세띠 교육 — 1934년부터 3대에 걸쳐 운영되는 이탈리아 커피 회사. 그곳에서 자체적으로 운영되는 바리스타 트레이닝 과정 — 을 받기도 하여 실력은 이미 정평이 나 있었다. 커피 잡지뿐만 아니라, 호텔이나 인테리어 잡지에도 이곳이 소개될 정도였다. 매체에는 이탈리안 스타일의 카푸치노, 이탈리안 에스프레소 등 한결같이 '이탈리안 스타일'이라는 수식이 빠지지 않았다. 그래서인지 처음 이곳에 들어오자마자 가장 먼저 보인 건 바리스타들의 행동과 자세였는데, 정말 단정했다고 느꼈다. 요즘은 정장 등을 갖춰 입는 바리스타들도 있기는 하지만, 단순히 갖춰 입어서 단정하다는 말로는 이 느낌을 표현할 수는 없었다. 편안함이 더해져 이탈리아의 한 노천카페에 와 있는 듯한 느낌. 로스팅룸을 개방하여 전문적인 무게감을 주면서 여기에 감각적인 모빌과 군데군데 꽃장식 등을 배치해 산뜻함도 느껴지는 곳이었다.

내가 방문한 날은 생각보다 손님이 많지 않아 사장님과 직접 이야기를 나눌 수 있었는데, 코에 붙은 반창고가 눈에 띄어 사장님께 조심스럽게 여쭈었다.

— 코에 반창고는 뭐에요? 혹시 어디 다치셨어요?

그랬더니 그 강인한 인상에서 나오는 순한 웃음, 사람 좋은 표정을 지으며 하시는 말씀이

— 로스팅하다가 위쪽에 달린 전구 뭉치가 떨어졌는데 코를 쳤어요. 코가 부러졌더라고요.
— 큰일 나셨네요. 바로 응급실에 가셨어요?

로스팅 룸에 자리한 로스터기.

— 로스팅하고 있는데 그냥 갈 수가 없죠. 로스팅 다 하고, 정리하고 응급실가서 잠깐 응급처치만 하고 다시 돌아와서 가게 마감하고 다시 병원으로 갔어요. 하하! 정말 덜렁거리는 사람 같지요?

웃으면서 아무렇지 않게 자기 자신을 덜렁거린다고 했지만, 글쎄 나는 멋있다는 생각이 먼저 들었다. 사람이 우선이지만 그래도 자신의 아픔을 참고 우선 가게를, 손님이 마셔야 할 로스팅에 집중하는 바리스타. 왠지 이곳의 커피는 마시지 않아도 믿을 수 있을 것 같았다.

— 그럼 과테말라로 한 잔 주시겠어요?
— 음, 오늘은 과테말라 상태가 영 별로거든요. 지푸라기 맛이 나서 판매를 하지 않고 있어요. 다른 것으로 마시겠어요? 오늘은 브라질이 좋더라고요.

나는 속으로 생각했다. '아니, 이렇게까지 솔직해도 되나?'

— 보통은 상태가 나빠도 속여 파는 가게들이 많던데…….
— 에이, 커피 좋아하는 분들은 마셔보면 딱 아시는데 솔직히 말씀드리고 더 맛있는 걸 추천해드리는 게 당연한 거죠. 그래야 저도 손님도 만족할 수 있으니까요.

짧은 대화였지만 이 말들 속에서 '진짜 커피를 좋아하는구나'라는 느낌이 들게 해주는 분이었다.

사장님의 추천대로 이곳의 '오늘의 커피'를 마시기로 하고 음료를 받

호텔의 바 안으로 들어온 것처럼 정갈하고 고요한 모습의 바.

아들었다. 이곳에서는 가장 기본 메뉴이자 많은 카페에서 접할 수 있는 싱글 오리진 커피인 브라질, 에티오피아, 케냐, 과테말라 외의 여러 음료를 바꿔서 선보이며 칼리타 웨이브라는 핸드드립 도구를 이용해 커피를 추출하고 있었다. 커피는 마이크로랏 이상의 등급을 사용하긴 하나 우선순위는 커피의 맛이기 때문에 등급에 상관없이 블라인드 테스트를 거쳐 직원들과 함께 빈을 선택한다고 하였고, 손님들이 최대한 거부감 없이 받아들일 수 있는 로스팅과 추출에 초점을 맞추고 있다고도 했다. 이곳의 목표에 맞게 내가 마신 커피도 좋은 맛들로 가득 차 균형감이 있었고 호불호가 갈리거나 하지 않을 것 같았다. 브라질 원두 특유의 너티한 맛이 강하지 않고 고소하게 다가와 땅콩의 단맛

10여 종의 블렌딩을 통해 내리는 컴플렉스의 블렌드는 정통 이탈리아 스타일을 추구한다.

역시 정통 이탈리아 스타일인 아인슈페너.

과 부드럽게 입안을 감싸는 질감에 굉장히 기분이 좋았다. 또한, 마시고 나서 느껴지는 애프터 테이스트 역시 미약하면서 좋은 단맛이 느껴졌다. 커피에 대해 잘 모르거나 음료 선택이 어려운 손님에게는 상냥하고 정확하게 웃으면서 설명해주는 그의 직업적 자부심도 느낄 수 있었다.

이탈리아에서 교육을 받으신 것 때문인지 한결같이 이탈리아 스타일의 음료들이 많이 있어 이탈리안 카푸치노를 추가로 주문했다. 풍성한 거품 위에 올라온 초콜릿 파우더가 다른 곳과는 많이 달랐다. 우유 거품을 머금자마자 진한 에스프레소가 안으로 쏙 들어와 잘 어우러졌다. 왜 그렇게 다른 곳과는 다른, 이탈리아 스타일을 고수하는지 조금은 알 것 같았다. 정통성에 대한 갈망 그리고 변화되는 맛 안에서 지켜내고자 하는 묵직하고 부드러운 카푸치노. 그것을 받쳐주는 이탈리아 스타일의 에스프레소까지. 이 카푸치노 한 잔으로 무언가 이들 생각의 일부를 들여본 것 같은 느낌이라 이곳이 친근하게 느껴졌다. 앉아서 음료를 마시는 중 테이블 위에 이곳의 공식 SNS 주소가 적힌 종이가 있어 접속해보았다. 직원과 사장님의 커핑하는 모습이 정기적으로 올라오고 있어 원두 하나하나 선택하는 데 얼마나 많은 노력을 기울이는지 알 수 있었다. 이런 모습을 다수에게 공유함으로써 손님과의 끈끈한 신뢰관계를 쌓고 있지 않나 싶었다.

그렇게 시간이 지나고 조금 사장님과 친해진 후, 다른 날 점심시간에 또 방문했다. 전엔 손님이 없었는데 이번엔 순간 전쟁터인가 싶을 정도로 회사원들이 가게에 가득했다. 3명이나 되는 바리스타가 쉴 틈 없이 일하고 있었는데도 분주한 모습이 놀라웠다. 평일에는 주변 회사

아무리 바빠도 침착하게 정확한 온도를 유지하며 우유를 스팀하고 있다.

원들의 쉼터이자 맛있는 커피 한 잔을 마실 수 있는 곳으로, 주말에는 조용히 책을 읽거나 자기 일을 정리할 수 있는 아지트로서 역할을 하는 것 같았다.

나의 주말을 위해서, 또 나만 알고 싶은 곳이었지만 이 책을 읽는 독자에게 좋은 카페들을 소개하려 마음먹었을 때 먼저 떠오른 곳이었고 또 그만큼 의미가 있을 것 같았다. 아마도 내가 소개하는 서울 카페 중에서는 잘 알려지지 않은 가장 보석 같은 곳이기 때문에.

추천메뉴

이탈리안 카푸치노

여러 매체에 가장 많이 소개된 음료이다. 이탈리아의 기본적인 카푸치노처럼 더블 샷을 베이스로 하여 카카오가 토핑되어 나오는 커피로 무엇보다 가장 중요한, 우유 거품의 풍성함이 포인트이다. 과하지 않은 너티함과 잘 잡힌 균형, 깔끔한 애프터 테이스트까지 느낄 수 있다.

아인슈페너

'비엔나커피'라고도 불리는 커피이다. 아인슈페너는 에스프레소와 따뜻한 물이 합쳐진, 흔히 우리가 말하는 아메리카노에 휘핑크림을 올려 초코 파우더나 시나몬 파우더를 뿌려 마시는 음료이다. 이곳에서는 이탈리아 정통 아인슈페너를 즐길 수 있다.

카페 컴플렉스

홈페이지	www.kampleks.com www.facebook.com/caffekampleks
주소	1호점 서울특별시 강남구 역삼로 555 2호점 서울특별시 마포구 연남로 3길 28
연락처	1호점 02-566-1580 2호점 02-336-1580
영업시간	1호점 월~금요일 08:00~21:00 토요일 09:00~17:00 일요일 09:00~20:00 2호점 월~일요일 12:00~21:00
휴무일	명절 당일(SNS로도 공지)

SEOUL CAFE | 9

리이슈 커피

REISSUE COFFEE

바리스타의 신념을 지키며 손님들에게 최선의 맛을 제공하는 카페 내가 카페를 탐방하는 기준은 단순히 커피의 맛에 그치지 않는다. 바리스타로서 일종의 직업병이랄까? 내가 내린 커피를 마시고 그것을 분석하고 조정하려는 게 습관화되어 다른 카페에 가서도 똑같이 분석하려 드는 게 있긴 하지만, 커피 맛에 관해서는 바리스타들의 노고를 잘 알기에 감사한 마음이 좀 더 커서 감상하며 마시게 되는 편이다. 그래서 커피의 맛이, 나의 개인적인 호불호가 카페를 생각하는 우선순위까진 아니다. 내가 더 살펴보게 되는 것은, 어쩌면 내가 관광경영학과를 전공한 이유에선지 몰라도 '서비스'라 할 수 있다. 그리고 그 속에서도 어떠한 '고집'이다. 고집이 있는 가게는 크게 두 갈래인데 하나는 자신의 커피 철학이 워낙에 까다롭고 확고하여 그것을 꾸준히 지켜내기 위한 것이고 다른 하나는 모두가 한 번쯤은 겪어보았을 법한 불친절함과 손님이 뭘 선택하든지 말든지 우린 우리 마음대로 할 것이라는 태도인 불편한 고집이다. 비슷한 것 같아도 손님을 대하는 모습에서부터 차이가 나는 그런 것이다.

나는 알게 모르게 고집이 느껴지는 가게를 잘 발견하는 편이다. 내 성이 강 씨여서 그런지강 씨 고집이 매우 세다는 편견 아닌 편견, 우연의 일치로 내가 운영하는 카페의 이름이 mulemule은 고집쟁이라는 뜻을 가진 속어이어서 그런지 나도 모르게 고집스러움에 집중하게 되는데 보통 불편한 곳들의 특징 중 하나가 메뉴이다. 정확히 말하자면 메뉴에 대한 설명이라고 말하는 게 맞겠다. 몇 가지 정도로만 꾸려 음료를 판매하며, '여기는 내가 원하는 걸 파는 곳이야. 네가 원하는 것은 없을 수도 있어. 마시려면 마시고 싫으면 말든지.'라는 듯한 느낌을 풍기는 곳. 여기까지는 그래도 바리스타의 자신감이라 이해할 수 있지만, 주문하면 퉁명스러운 말투로 "없는데요."라고 하는 곳. 나는 이런 부분을 좋아하지 않는다.

카페면서도 펍 같은 내부. 리이슈만의 색깔이 잘 드러나는 것 같다.

'리이슈'에 처음 발을 들였을 때 왠지 모르게 메뉴판의 모습이라든지, 카페 안의 분위기가 유독 고집스럽게 느껴졌다. 그래서 혹시 내가 나의 기준에 맞지 않는 가게에 잘못 들어온 건가 싶은 생각을 맨 처음에 했었다. 그러나 그건 큰 오산이었다. 이곳에 있는 동안 리이슈가 가지고 있는 모습은 고집스러움이 아닌 손님을 위한 배려 안에 담긴 신념이었다. 바리스타 본인이 자신 있어 하는 커피를 내어주고 그에 합당한 친절한 설명이 더해지는 것. 그것만으로도 리이슈를 보고 처음 느꼈던 편견이 없어지는 것뿐만 아니라 더 나아가 내가 좋아하는 카페 리스트에 올리기에 충분했다.

전반적으로 리이슈는 조화로운 가게였다. 바리스타인 사장님의 모습, 카페 분위기, 음악 선곡, 커피의 맛까지 모든 것이 조화롭다. 하물며 손님들의 모습까지도 말이다. 올드패션드old-fashioned 콘셉트와 러프한 느낌의 인테리어, 그 러프한 인테리어와 맞춘 듯 안 맞춘 듯, 무관심하면서도 친절한 사장님 그리고 아무렇지도 않게 고양이 두 마리가 손님들을 위한 테이블 위에서 잠을 청하고 있는 모습이 불쾌하지도 않았고 오히려 고양이들에게 자리를 양보해 내가 알아서 다른 자리로 가게 했다. 아니 알고 보면 내가 방문한 그때에는 고양이들이 일부러 더운 자리에 자기들이 눕고 손님들에게 더 시원한 자리를 양보한 것일 수도 있겠다는 착각이 생길 정도로. 저절로 애정이 샘솟는 곳. 그저 자연스러움만 물씬 느껴지는 곳이었다.

이제는 너무 팽창한 것 같은 연남동. 이곳에서 리이슈는 오픈한 지 얼마 되지 않았지만 알만한 사람들은 다 안다는 '매뉴팩트 커피'와 함께 최고의 카페로 불리며 자리 잡았다. 사람들은 길이에 가치를 부여하곤 한다. 단편영화보다는 장편영화를, 단편집보다는 장편 소설을 즐기며 싱글 앨범보다 정규 앨범이 더 소장가치가 있다고 느낀다. 그런 것처럼 카페도 '얼마나 오랫동안 사람들에게 사랑받았는가?'를 기준으로 평가할 때가 많이 있고, 역사가 짧은 가게를 무시할 때도 있다. 그러나 리이슈가 신생 카페임에도 열렬한 사랑을 받는 이면에는 바리스타로서 10년이 넘는 시간 동안 커피와 손님을 진지하게 마주한 사장님이 있었기에 가능한 일이라고 생각했다. 소위 힙한 카페는 '햇빛이 쨍하게 들어오는 좌석, 대리석으로 만들어진 테이블, 흰색 벽'이라는 공통점을 가지고 SNS에 올리기 좋은 사진을 찍기에 적합한 곳이 대부분인데 이곳은 그런 곳과 거리가 조금 멀다. 밝은 조명도, 햇빛이 무

내부 구석에 있는 로스터기. 천장까지 닿아 있다.

시무시하게 들어오는 공간도 아니지만 조용히 자신만의 자리를 구축하고 아지트로 삼고 싶을 만한 곳이라는 생각이 든다.

입구 옆에서 조용히 돌아가는 로스터기. 같이 따라오는 커피 향은 어두운 카페에 가득 퍼져 후각을 자극하고 이어서 미각을 돋운다. 그 모습을 보고 있자니 가만히 있을 수 없어 계산대로 다가갔다. 에티오피아 싱글 오리진 빈을 이용한 에스프레소를 시키고 가만히 앉아 한 모금 넘긴 후, 이어서 아이스 아메리카노를 주문했다. 에스프레소로도 너무나 좋았는데 아메리카노로 먹었을 때 더 빛을 발하는 것 같았다. 은은한 단맛과 꽃향기가 나는 산미가 동시에 어우러져 목으로 넘어오

리이슈에서 얼마 전부터 선보이기 시작한 바닐라 앤 아니스.

는 느낌이었다. 에스프레소 드립으로 진하게 에티오피아를 먹는 것과는 달랐다. 맨 처음 에스프레소를 맛있게 먹고, 만족해서 아메리카노도 마시면 오히려 조금 연해지는 그 느낌이 있어 만족감이 떨어지기도 했지만, 리이슈의 아메리카노는 풍성한 맛이 정말 좋았다.

입안 가득 오래오래 그 향을 머물고 가만히 앉아있었다. 이곳에 오래오래 머무르고 싶은, 이 단맛을 가득 안은 채 나가고 싶은 그런 기분이다. 가만히 혼자 앉아 있어서일까? 아니면 바리스타라는 것이 티가 나게 에스프레소와 아메리카노를 빠르게 마셔서일까? 사장님과 눈이 마주쳐서 너무너무 맛있게 잘 마셨다고 말씀드리자 사장님이 로스팅

리이슈가 크게 쓰여 있는 그림. 리이슈만의 고유함이 잘 느껴진다.

하는 것과 추출하는 스타일 등의 이야기를 풀어주셨다. 스페셜티라는 유행에 맞춰 손님들이 선호하지 않는 신맛이 강한 커피를 굳이 고집하여 추천하는 방식보다, 손님들이 좋아할 만한 커피를 내는 것. 이런 생각만으로도 얼마나 손님을 배려하는지가 여실히 느껴졌다.

최고를 끌어내고, 그것으로 인정받아야 하고, 먹고살아야 하는 사람이 선택하기에는 쉽지 않은 신념이 엿보였다. 유행에 타협하지 않는 고집, 자신만을 위한 길을 걷는 모습이었다. 자신의 신념으로 자기 공간을 지켜내기란 어렵다는 걸 잘 알기에 이곳이 오래도록 남아주었으면, 그의 신념이 더욱 인정받았으면 하는 바람이다.

추천메뉴

바닐라 앤 아니스

마다가스카르산 바닐라빈과 팔각으로 포함한 각종 향신료를 숙성시켜 만든 수제 바닐라 시럽을 커피와 결합하였다. 리이슈의 시그니처 메뉴로 바닐라 향과 에스프레소의 진한 맛이 합쳐져 초콜릿 맛까지 느낄 수 있는 음료이다.

스페셜 드립

매주 바뀌는 스페셜 드립 커피는 바리스타인 사장님이 매주 한 가지 빈을 선택하여 그 주에만 마실 수 있다. 리이슈 추천 커피이기도 하다.

리이슈 커피

홈페이지	www.instagram.com/reissue_coffee
주소	서울특별시 마포구 성미산로 26길 37
연락처	070-4082-0547
영업시간	화~금요일 12:00-20:00 토~일요일 12:00-19:00 공휴일 12:00-21:00
휴무일	월요일

TOKYO CAFE

도쿄 카페

토라노몬 커피	TORANOMON KOFFEE
스위치 커피	SWICH COFFEE
더 로스터리 바이 노지 커피	THE ROASTERY BY NOZZY COFFEE
오니버스 커피	ONIBUS COFFEE
어라이즈 커피 로스터스	ARISE COFFEE ROASTERS
푸글렌	FUGLEN
블루보틀 커피	BLUE BOTTLE COFFEE
카페 키츠네	CAFE KITSUNE
올 프레스 에스프레소	ALL PRESS ESPRESSO

TOKYO CAFE | 1

토라노몬 커피

TORANOMON KOFFEE

SNS 유저들이 가장 사랑하는 유럽식 아이스 카푸치노를 만나다

— 사장님 혹시 이거 만들어 주실 수 있으세요?

가게의 단골손님이 들고 온 사진은 드라이한 우유 거품, 그것을 넘어서서 큰 방울들이 맺혀있는 모양새의 아이스 음료였다.

— 이건 모카인가요?
— 아뇨! 카푸치노라고 하던데? 일본으로 여행 간 친구가 보내준 거예요.
— 음, 저는 처음 보는 건데 한번 찾아볼게요.

그렇게 대답하고 '일본', '방울 카푸치노'라는 키워드로 검색해보았다. 바로 오모테산도 커피가 메인에 나왔고, 한국의 몇몇 카페에서도 그 음료를 판매하고 있는 게시글이 보이기 시작했다. '일본에서 시작한 건데 우리나라 카페에서도 만들 수 있다면 나도 할 수 있지 않을까?'라는 생각에 수도 없이 연습해보았지만 큰 거품이 아닌 잔거품만 생길 뿐이었다. 오랜만에 다시 카페를 둘러보려고 일본에 갈 생각이었으니, '당장 떠나도 괜찮겠다. 가서 내 눈으로 직접 만드는 방법을 보자.'라는 마음으로 비행기 표를 끊었고 먼저 오모테산도 커피를 조사했다.

오모테산도는 미국이나 일본을 가리지 않고 저명한 잡지에 많이 소개되어 사랑받아 온 카페로 일본 도쿄 오모테산도 힐즈에 있었다. '꼭 가봐야 하는 카페' 중 언제나 우선순위에 자리하고 있던 곳이다. 일본의 전통 고택 내부에 큐브 모양으로 이루어진 바, 찾아오는 사람들과 1 대 1로 대화하며, 카페를 단지 음료를 파는 장소가 아닌 서비스의 문화로 재정립한 시키는 역할을 하게 했다던 온화한 주인의 모습. 이곳에서

드립 스테이션. 그들의 정체성을 잘 나타내는 큐브 모양으로 통일성 있게 표현되었다.

만 마실 수 있다고 하는 음료이자, SNS상에서 오모테산도 커피를 가장 잘 나타내는 대표 메뉴인 아이스 카푸치노까지. 당장이라도 이 커피를 마시러 오모테산도 힐즈로 향하고 싶었지만 이미 오모테산도 커피는 5년간 운영을 끝으로 문을 닫았다고 하는 이야기를 들었다. 많이 아쉽기는 했지만, 좀 더 알아본 결과 오모테산도 커피의 아이스 카푸치노를 마실 수 있는 최고의 장소를 찾아냈다. 바로 오모테산도 커피의 모기업인 토라노몬 힐즈 건물 2층에 위치한 '토라노몬 커피'였다.

토라노몬 역에서 5분 정도 떨어져 있는 토라노몬 힐즈의 2층에 자리한 토라노몬 커피는 오랜 시간 일본 주민들에게 사랑받아 온 카페이지만,

커피 1잔이 나올 분량의 원두를 시험관에 담아 드립할 때마다 하나씩 개봉하고 있다.

오모테산도 커피에 비해 그렇게 많이 알려지지 않았었다. 같은 기업, 같은 메뉴, 같은 콘셉트인 카페였는데도 오모테산도 커피가 유명해지는 동안 토라노몬은 그저 자신의 자리에서 조용히 카페를 운영해 오고 있었다. 그러다 오모테산도 커피가 문을 닫은 후부터 오모테산도의 아이스 카푸치노를 토라노몬 커피에서 마실 수 있다는 사실이 본격적으로 알려지면서 이제야 그 이름이 퍼지고 있다고 한다.

오모테산도 커피가 고택의 모습이었다면 토라노몬 커피는 현대적인 외관을 하고 있었다. 최신식 고층 건물, 탁 트인 로비에 덩그러니 놓인 자리. 이곳이 카페가 맞나 싶은 생각이 언뜻 들기도 했지만, 넓은 공간에서 오는 편안함과 건물 로비 밖 테라스가 매력적으로 다가왔다. 내부의 많은 좌석과 테이블의 다리를 이용해 의자도 요모조모 만들어 디자인적 요소마저 갖춘, 감탄이 저절로 나오는 곳이었다.

토라노몬 커피는 큐브 모양의 로고 정체성을 확고히 하고 있었는데, 카페 분위기 역시 실험실 같은 분위기를 유지하여 직원들은 흰색 가운을 입고 있고 빈도 시험관 같은 곳에 보관하는, 그들만의 방식으로 사람들에게 다가가고 있었다. 커피 바도 2가지로 구성되어 있었다. 보통은 하나의 바를 구성해 음료를 제공하는데 토라노몬 커피는 중앙에 위치한 계산대를 중심으로 양쪽 편에 바가 있다. 신기하기도 하고 좀 분산되고 있다는 인상이었다. 비교될 수밖에 없었는데 오모테산도 커피가 쌓아온 1:1 대화의 문화가 빠진 것 같아 서운한 마음이 들기도 했다. 하지만 토라노몬에서 쓰는 머신을 보고 마음이 조금씩 풀려갔다. 커피 머신은 압력과 온도 등을 조절할 수 있어 바리스타의 능력에 따라 최상의 에스프레소를 뽑아낼 수 있기 때문에 이곳에선 어떤 커피를 선보여줄지 기대가 되었다.

최상급 커피 머신, 압력과 온도 조절. 조금은 어렵게만 느껴지지만 이런 것들이 좋은 에스프레소를 뽑아낼 수 있는 요소들이다. 또한, 바리스타의 능력이기도 하다. 좋은 에스프레소를 뽑는 바리스타는 추출에서 압력과 온도가 왜 중요한지를 알기 때문이다. 커피에 가해지는 압력은 물이 커피에 머무는 시간과 관련이 있다고 생각하면 된다. 압력이 낮으면 커피에 물이 머무는 시간이 길어지고, 커피가 가진 불필요한 성분까지 뽑혀 커피의 맛이 쓰거나 이상하게 된다. 압력의 증가에 따라 커피에 필요한 여러 성분의 추출 수율이 비례적으로 높아지는 걸 알

라마르조꼬의 하이엔드 머신 '스트라다 mp'이다. PID라는 제어 장치로 온도 조절이 자유로워 커피를 내리기에 좋다. 모두 수공품으로 이탈리아에서 만들어진다.

수 있다. 하지만 압력이 너무 높아서도 안 된다. 이럴 때 추출 성분은 오히려 감소하기도 한다. 압력이 높아 에스프레소가 빠르게 추출되면 커피에 머무는 시간이 오히려 너무 짧아져 커피 성분의 전체를 다 뽑아낼 수 없기 때문이다.

온도를 보면, 진한 색깔의 원두강배전일 경우 물의 온도는 상대적으로 좀 더 낮을 때 더 성분이 잘 추출되며, 약하게 로스팅되어진 약배전도의 원두는 좀 더 높은 온도로 추출해 주는 것이 이상적이라고 말한다. 어렵지만, 압력과 온도의 변수를 잘 이해하고 제어하는 것. 맛에 영향을 미치는 요소를 바리스타가 잘 조절할 수 있어야만 비로소 머신을 활용했을 때 입맛에 딱 맞는 최상의 에스프레소를 추출할 수 있다. 머신이 최상급이라면 이런 점이 가장 훌륭하게 발휘될 것이며, 그래서 최상급 머신을 사용하는 카페일수록 바리스타의 능력이 중요하다고 볼 수 있다.

커피를 주문하고 기다리는 동안 자리로 돌아가지 않고 그냥 바 옆에 서서 커피 만드는 모습을 구경하고 있었다. 그런 나에게 바리스타가 카푸치노에 설탕을 넣을 것인지 그냥 받을 것인지를 물어보았다. 이때 잠시 오모테산도 커피가 스쳐 지나갔다. 셀프 바로 손님에게 모든 것을 맡기는 게 아니라 카페가 지향하는, 자신들이 생각하는 커피의 맛을 기준으로 손님들에게 먼저 의사를 묻고 조절하는 것. 1대 1 서비스를 지향하는 오모테산도 모습이 자연스럽게 녹아 있음을 느꼈다. 그리고 흰색 가운을 입고 설탕을 넣어주는 모습은 무언가 과학적으로 분석한 커피를 과학자가 맛있게 제조하여 나에게 주는 것 같은 느낌이랄까. 나의 커피가 더욱더 맛있을 거라는 기대를 갖게 했다.

에스프레소 추출이 끝난 후, 내가 한국에서부터 그렇게 기다리던 장면이 나타났다. 아이스 카푸치노를 만드는 과정은 뜻밖에도 간단했다. 블렌더를 꺼내 우유를 넣은 다음, 추출된 샷을 넣고 블렌더를 1초 정도 돌려서 그것을 컵에 담는다. '뭐지? 저게 끝인가? 사진 속 비주얼로는 꽤 어려워 보였는데? 그럼 나의 잘못은 무엇일까?' 이런 생각이 들었다. 그러나 고민은 나중의 일. 우선 눈앞에 있는 맛있어 보이는 커피에 집중하기로 했다 — 나중에 확인해보니 저 1~2초가 엄청나게 중요했다. 그 이상을 돌리게 된다면 거품이 잘게 깨지고 그것마저 작아져 큰 거품이 나올 수 없었다. 이 사실을 알고 다시 심혈을 기울여 만들어서 결국 성공했다 — .

토라노몬의 카푸치노는 우리나라의 그것처럼 시나몬 파우더를 뿌려주는 것이 아니라 초콜릿 파우더를 빈 곳 없이 듬뿍 뿌려주는, 유럽식 카푸치노이다. 그러나 엄밀히 말하자면 카푸치노보다 라떼에 가깝다고 보는 게 맞을 것 같다. 라떼와 카푸치노의 차이는 쉽게 말해서 거품의 양이라고 본다. 거품의 양이 많으면 카푸치노, 거품의 양이 적으면 라떼가 되는 것이다. 토라노몬의 카푸치노는 기존의 거품을 굵게 만들어 내는 것이지 그 거품의 양 자체가 많진 않다. 그래서 거품의 양과 우유의 양을 따져보았을 때 카푸치노보다 라떼라는 말이 더 어울린다고 생각했다.

바리스타로서 본능적으로 하게 되는 커피 분석을 잠시 떠나, 아이스 카푸치노의 비주얼을 보고 있자니 모든 생각을 제쳐두고 얼른 마시고 싶었다. 그래서 한 모금을 힘 있게 들이마셨는데 웬걸, 그 많은 초콜릿 파우더가 빠르게 빨려 들어와 입으로, 코로 검은 파우더를 뿜어내 버렸다. 예쁘게 생긴 카푸치노를 예쁘게 마시는 모습을 상상했던 것과는 다르게 콜록거리며 옆 사람에게 검은 가루를 뿜어내는, 다소 보기가 추해질 수 있는 상황이 발생한 것이다. 독자 분들도 첫 모금을 마실 때 주의하는 것이 좋겠다. 그렇지 않으면 자칫하다가 친구의 옷이 얼룩질 수도 있으니 말이다.

오모테산도 커피와 토라노몬 커피는 모두 같은 기업에서 나온 건데 카페 이름을 똑같이 해서 1호점, 2호점이라 하지 않고 둘 다 지역명을 넣어 따로따로 카페의 이름을 완성한 점이 조금 독특했다. 이런 패턴이 유지되면 좋았겠지만, 오모테산도 커피가 홍콩에 진출하면서 깨졌다. 오모테산도 커피가 홍콩 완차이에서 시작한다고 하여 이름도 '완차이

커피' 같은 식으로 쓸 줄 알았으나 이미 미국과 일본에서 오모테산도는 마케팅으로도 유명해졌기 때문에 오모테산도 이름을 그대로 쓴다고 한다. 지역+커피라는 정체성이 사라진 것 같아 아쉽지만, 홍콩에서도 언제라도 오모테산도 커피를 마실 수 있다는 것에 감사하다.

요즘 일본에서 이미 이름을 알린 카페들이 홍콩에 많이 진출하고 있다. '퍼센트 아라비카', '오모테산도 커피' 등. 한국도 그들과 비교하면 뒤지지 않는 맛과 정체성을 가지고 있다고 본다. 그래서 한국의 정체성 있는 카페들도 홍콩으로, 일본으로 많이 진출하면 어떨지 잠시 기분 좋은 상상에 빠지며 카페를 나왔다.

큐브 모양을 모티브로 한 굿즈들을 나란히 진열해 놓았다.

추천메뉴

아이스 카푸치노

한국에서도 요즘은 맛볼 수 있는 곳이 있지만, 현지에서 원조를 맛보는 즐거움과 SNS에 자랑할 수 있을 만한 비주얼까지 갖추어 눈과 입이 즐거우니 꼭 한번 마셔보는 것이 좋다고 생각한다.

큐브 모양의 까눌레(디저트)

맛은 장담하지만 양과 가격을 고려하는 분이라면 조금 망설여질 수는 있겠다. 그래도 그들의 아이덴티티를 살펴볼 수 있는 까눌레를 한번 사보는 것이 색다른 추억으로 다가오지 않을까?

토라노몬 커피

홈페이지	ooo-koffee.com/toranomon.html
주소	1-23-3 Toranomon, 2F Toranomon Hills Mori Tower, Minato-ku, Tokyo
연락처	+ 81-(0)3-6268-8893
영업시간	07:00~19:00
휴무일	1월 1일~3일(그외 매장에 문의)

TOKYO CAFE | 2

스위치 커피

SWICH COFFEE

작은 카페에서 다양한 다이렉트 트레이딩 커피를 느끼다

여행을 하면 이상하게 평소보다 늦장을 부리는 날이 좀 적은 편이다 — 물론 매일 그런 것은 아니다 — . 그래서 조금 일찍 일어나 천천히 그 동네를 산책하는 일이 많다. 휴식을 취하거나 건강을 위해 걷는 것을 흔히들 산책이라고 생각하지만, 나는 한자 그대로의 산책散策, '흩어진 것들을 꾀는 것'이라는 뜻대로 산책을 즐긴다. 흩어진 생각을 정리하기 위해 주변을 걸으며, 오늘 할 일, 어제 있었던 일, 앞으로 정리해야 할 것들의 순서를 명확히 되새기며 걷고 또 생각한 후, 집에 들어오자마자 정리해서 옮겨 적는다.

이렇게 혼자만의 시간을 가지면서 덤으로 얻어지는 내면의 소리를 들을 수 있다면, 정리와 더불어 나 자신을 반성하고 나아가야 할 길을 바라보는 그 시간을 함께할 수 있다면 이보다 더 좋은 일이 있을까 싶다. 평소에는 차를 타고 다니느라 걸을 시간이 없을뿐더러, 시간이 생겨서 걷더라도 다른 사람들과 함께 있어 대화하느라 나 자신의 목소리에는 귀 기울이기가 힘들기 때문이다. 그래서 나는 오로지 나를 위한 시간을 위해 혼자 있을 때나 여행 갔을 때 조금 일찍 일어나서 산책을 즐긴다.

이날도 어김없이 산책을 했다. 메구로역 주택 단지에서 숙소를 구한 나는 비가 조용히 내리는 사이로 한적한 거리를 걸으며 혼자 골목 여기저기를 서성이고 있었다. 그러던 중 파란색 간판에 깔끔한 서체로 S/C라고 쓰여 있는 글씨가 눈에 들어오는 작은 카페가 보였다. 2013년, 처음으로 오픈해 지금까지 일본의 한적한 동네에서, 조용하게 커피의 명소로 자리 잡아 마니아층을 늘려가는 카페, '스위치 커피'였다.

투박하지만 깔끔한 바와 로스팅 룸. 로스터가 로스팅을 끝내고 포장을 하고 있다.

스위치 커피는 메구로역 근처, 주택가 한복판에 덩그러니 서 있는 로스터리 커피 스탠드형 카페이다. 나는 영업 시작 시간에 맞춰 다시 와 보기로 하고 일단 돌아섰다. 그리고 영업 시작 시간이 다가올 때쯤 천천히 길을 나섰다. 지도나 휴대폰의 도움 없이 기억에만 의지했는데도 그리 어렵지 않게 찾아갔다. 카페에는 손님이 없었고, 직원 2명만이 멀뚱히 서 있었다. 들어가기가 조금 망설여져 가게 앞에서 두리번거렸는데 그런 나를 빤히 바라보고도 바리스타들은 아무런 미동조차 없었다. 들어가도 되는지 정중하게 묻자 그들은 짧게 yes라고 말했다. 가게를 구경하면서 사진도 찍고 찬찬히 둘러보았다.

카페는 앉아서 마실 수 있는 좌석이 없고 서서 마시는 자리 또한 구석에 하나만 있다. 문 바로 앞에 긴 벤치가 하나 있어 앉아서 음료를 기다리는 공간이 존재한다. 그리고 이 조그마한 공간에 로스팅룸과 창고, 화장실까지 갖추고 있다. 입구 곁에는 여러 가지 블렌드와 싱글 원두를 판매한다. 큰 스피커가 구석에 서 있고, 올드팝이 흘러나온다. 일본은 공용 와이파이가 널리 퍼지지 않은지라 이곳에서도 와이파이는 없었지만, 잘 말하면 바리스타의 노트북으로 정보를 검색해주기도 한다. 직원 2명 중 1명은 바리스타, 1명은 로스터처럼 보였는데, 아마도 바리스타 1명에게 주로 요청할 수 있을 것이다. 로스터는 호감형에 친절할 것 같았지만 의외로 무뚝뚝했고, 차가운 분위기의 다른 바리스타는 반대로 매우 친절했다. 손님 없이 한산해도 둘 다 무언가 바쁘게 움직이고 있었다. 계속 짐을 나르고 빈을 포장하는 등 분주해보였다.

메뉴는 커피, 라떼, 카푸치노가 끝이고 이외에 카페의 굿즈와 빈을 판매하고 있다. '커피'라는 메뉴는 프렌치프레소로 내려주는 메뉴인데 에스프레소와 헷갈리면 안 된다. 에스프레소는 따로 주문할 수 있고 에스프레소 및 라떼, 카푸치노는 시즈널 블렌드 원두로만 마실 수 있다. 작은 곳이지만 커피를 내리는 머신과 그라인더 모두 각양각색이다. 에스프레소 음료는 라마르조꼬 리네아 머신과 시모넬리 그라인더를 사용한다. 드립 커피는 ek43 그라인더를 사용하며 모든 드립은 스마트스케일 — 시간과 무게를 동시에 측정하는 저울로, 추출 양과 시간을 측정하여 여러 사람이 내려도 그 편차를 줄일 수 있고, 다양하게 실험할 수 있어 좋은 맛을 찾아내기에 좋다 — 을 쓴다. 재미있는 것은 주문하기 전, 테이블에 놓여 있는 시음용 커피를 마셔보며 자신의 취향에 맞는 커피를 선택할 수 있도록 한 것이다. 하지만, 시간이 지나

시음용 드립이 앞쪽에 놓여 있어 빈을 구매하는 데 자신이 좋아하는 맛을 쉽게 찾을 수 있게끔 했다.

커피가 식으면서 맛이 조금씩 변하는 것엔 그리 신경 쓰지 않는 듯한 모습이 공존한다. 그러니 마셨을 때 식었을 수도 있다는 점을 염두에 두면 좋다. 커피를 주문하고, 여기서 마시고 간다고 말하자 약간 의외라는 듯이 쳐다보았다. 혼자서 트레이닝복 차림으로 너무나 편안하게 와서 그런지 테이크아웃을 할 줄 알았나보다. 나도 모르게 살짝 위축되었지만 아무렴 어떠냐 싶었다.

그렇게 스탠드에 서서 라떼를 마시고 있었다. 스위치 커피의 라떼는 진하지 않고 고소한, 아침에 간단하게 마시기 부담 없는 라떼였다. 에스프레소의 강한 맛이 뚫고 나온다기보다 우유의 고소한 맛이 포근

굉장히 단순한 카페 메뉴판.

하게 에스프레소를 감싸 안는 맛이라고 생각하는 게 좋겠다. 우유 거품의 폼 역시 폭신하고 포근한 느낌이었고 폼을 먼저 맛본 후 가볍게 들어오는 에스프레소 맛이 고소함을 배로 느끼게 해주는 것만 같았다. 그렇게 라떼를 음미하고 있는데 한 한국인 무리가 다가왔다. 타지에서 보는 한국인은 바라보기만 해도 반가워서 그들을 계속 쳐다보고 있었다. 한 명이 어색한 영어를 쓰며 오랫동안 봐온 사이처럼 넉살 좋게 바리스타와 인사를 하곤 주문한다. 커피의 가격을 묻고 메뉴판을 둘러본 후, 밖으로 나가 일행에게 설명한다. 안에서 커피를 마시려면 한 사람당 메뉴 1개를 주문해야 하고 그게 아니라면 테이크아웃을 해야 하는데, 굳이 다 마실 필요는 없으니까 다섯 명이 석 잔만 사서 나눠 먹자는 말을 들었다. 일본말이 아닌 한국말이었지만 대화의 분위기에서 느껴진 것일까? 바리스타가 포장만 가능하며 안에서 서서 마시거나 밖의 벤치를 이용하려면 한 사람당 메뉴 한 가지를 주문해야 한다고 말했다. 알겠다고 대답한 후, 다시 한국말로 한 잔씩 시켜야 하는데, 괜찮다며 석 잔만 사갖고 나가서 세 명은 앉아서 먹고 두 명은 서서 나눠 먹자고 말하고 있었다. 어차피 알아듣지 못한다는 식으로 그렇게 그들은 석 잔을 주문하고 밖으로 나간다. 세 명이 앉아서 먹고 나머지 둘은 그 곁에 서서 돌려가며 음료를 마시고 있었다.

매너. 언제 어디서든 잘 지켜져야 하지만 외국에 나가면 조금 더 조심할 필요는 있다고 생각한다. 타지 사람들은 '나'를 보며 한국인이라는 그룹으로 뭉뚱그려 생각할 뿐, 각자 개개인으로 보는 경우는 그다지 많지 않으니까. 바리스타는 밖을 한 번 바라보고, 다시 나를 바라보며 어깨를 들썩였다. 순간 내 얼굴이 빨개졌다. 물론 바리스타는 내가 한국인인지, 그들과 같은 나라 사람인지 알 리 없지만, 그냥 나 자신이 부끄러웠다. 그리고 나도 모르게 슬슬 자리에서 일어나게 되었다. 나갈 때 원두를 사려고 해서 문의했는데, 너무 일찍 와서일까? 원두 종류와 시음용 커피는 많았어도 정작 살 수 있는 것은 얼마 없었다. 게다가 빈 종류가 익숙하지 않은 이름들이 꽤 있어 생두는 어떻게 구매하고 있는지 물었다. 돌아온 답변이 조금 놀라웠다. 맛있는 커피를 더 가까이에서 먹을 수 있게 해주고 싶어 문을 열었다는 카페 취지에 맞게 다이렉트 트레이딩을 통해 잘 알려지지 않은 마이크로랏 위주의 커피를 들여왔고, 손님들에게 적합한 가격으로 제공하고 있다는 것이었다.

한적한 주택가에 이렇게나 작은 가게에서 다이렉트 트레이딩과 원두

1~2명만이 서서 음료를 마실 수 있는 작은 테이블이다.

납품이라니 낯설었다. 한국에서 다이렉트 트레이딩은 규모가 큰 카페나 생두를 직접 판매하는 생두 업체에서 운용하는 방식이다. 직접 농장을 찾아다니며 본인의 기준에 맞는 맛을 가진 빈을 선택하여 농장과 직접 거래하는 것이다. 아무리 마이크로랏소규모 농장이라고 해도 그 농장의 랏 크기 만큼 전량을 거의 거래하는 방식이므로 자본의 규모가 어느 정도는 필요할 수밖에 없다. 한국에서는 작은 카페가 다이렉트 트레이딩에 뛰어드는 것을 보기 힘들지만 일본에서는 규모가 작은 카페여도 다이렉트 트레이딩을 하니, 역시 우리나라의 카페들보다 마이크로랏 거래를 위한 발 빠른 정보를 가지고 있는 것이 아닐까 짐작했다.

주문했던 카푸치노. 거품 양과 질감이 매우 뛰어났다. 커피가 진하지는 않아서 좀 더 가볍게 마실 수 있었다.

지금 한국에서도 작은 카페들끼리 모임을 하고 그 안에서 다이렉트 트레이딩이 가능하지만, 작은 카페가 독립적으로 다이렉트 트레이딩을 할 수 있는 여건은 되지 않는다. 그러나 이런 추세라면 한국에서도 곧 소규모 카페가 독립적으로 다이렉트 트레이딩을 통해 생두를 구매하고, 더 나은 품질과 맛의 커피를 마시게끔 우리에게 제공할 날이 오지 않을까? 하루빨리 더 맛있고 다양한 커피를 마셔볼 날이 왔으면 좋겠다.

추천메뉴

여러 가지 시음용 커피

한 번에 여러 곳의 마이크로랏 드립 커피를 마셔본다는 것은 흔치 않다. 바리스타가 직접 선별하고 다이렉트 트레이딩한 빈을 만나보자. 자신의 입맛에 맞는 빈이 어떤 것인지, 그 취향을 확인해 볼 좋은 기회일 것이다.

카푸치노

아침에 일어나자마자 즐기는 데일리 커피로 적당할 음료. 질감이 좋아 입안 가득 빨려 들어오는 우유 거품이 부드럽고 에스프레소의 적당한 진함이 균형 잡힌 맛이다.

홈페이지	www.switchcoffeetokyo.com
주소	1-17-23 Meguro, Meguro-ku, Tokyo
연락처	+ 81-(0)3-6420-3633
영업시간	10:00~19:00
휴무일	연중무휴

TOKYO CAFE | 3

더 로스터리 바이 노지 커피

THE ROASTERY BY NOZZY COFFEE

쇼핑거리에서 커피다운 커피를 만날 수 있는 오아시스 같은 곳

쇼핑을 자주 하지 않을뿐더러 썩 즐기지도 않는 나지만 해외에 나가면 유독 그렇게 쇼핑을 한다. 아니, 더 정확히 말하자면 다른 사람들의 심부름을 곧잘 한다는 것이 더 맞겠다. 여행을 자주 다니는 탓인지, 거절을 잘하지 못하는 성격 때문인지는 잘 모르겠지만, 여행 계획이 잡히면 무언가를 사다 달라는 부탁이 끊이지 않는다. 도쿄 캣 스트리트는 자주 오는 장소이고 이번 여행에서도 여러 사람의 부탁을 받아 거리로 나섰다. 부탁받은 물건을 사고 조금 지쳐서 쉬었다가 가고 싶어 주변을 둘러보다가 사람들이 많이 모여 있는 카페가 눈에 띄었다.

끊임없이 손님이 들어오고 끊임없이 주문이 이어지는 카페. 미리 알아보거나 가던 곳만 가는 나이지만 이것만으로도 이 카페에서 커피를 마셔도 되겠다는 믿음이 생겨 곧바로 줄을 섰다. 바리스타에게 조금 더 플로럴한 커피가 있는지 묻고, 온두라스를 추천받아 온두라스 아메리카노를 주문했다. 아메리카노는 너무 과하지도 않고 약하지도 않은 중간 정도의 묵직함이 있었다. 소믈리에처럼 맛을 세심히 구별하게 되는 바리스타가 아니어도 사람들이 좋아할 만한 적당한 산미가 있었고 마지막에 퍼지는 플로럴 향이 최고였다. 보통 카페에서는 컵 테이스팅을 커핑이나 아메리카노로 적어두는 경우가 대부분인데, 이곳은 달랐다. 에스프레소, 아메리카노, 라떼의 모든 컵 테이스팅 노트를 기재해 손님들이 커피를 주문할 때 더 폭넓게 선택할 수 있도록 했다.

목을 축이고 그제야 주변을 둘러보았다. '시네소'라는 최상위 에스프레소 머신 2대와 최상위 그라인더 '메져 로버' 4대가 양쪽으로 있었고, 특이하게도 그 옆에는 소프트아이스크림을 만드는 기계가 있었다. 커피전문점에 소프트아이스크림이 있는 게 익숙하지 않은 건 아닌데 그래도 여태 가본 카페와는 달라서 생소했다. 메뉴판을 더 자세히 보니 이 카페에서는 소프트아이스크림과 커피 메뉴 4가지를 판매하고 있었다. 커피 메뉴는 단조롭게도 에스프레소, 아메리카노, 라떼 그리고 브루잉 커피가 끝이었다. 눈이 휘둥그레지는 다채로운 메뉴들도 골라 먹는 재미를 주지만, 이렇게 간단하고 명료한 메뉴를 구성하는 곳은 왠지 모르게 맛에 '집중'했다고 말하는 것 같다. 이곳도 그러했고 예상대로 만족스러웠다. 플로럴한 커피를 위해 내가 고른 온두라스 원두 외에도 코스타리카 원두가 있어 둘 중 하나를 선택해 에스프레소 베이스 음료를 주문하는 형태이니 참고해두면 좋겠다.

소프트아이스크림보다도 더 기억에 남는 건 이곳의 로스터기였다. 보통 원두를 로스팅을 할 때는 3가지 방식이 있다. 구멍이 뚫린 드럼 안으로 빈이 직접 불에 닿는 '직화식', 직화식과 비슷해 보이지만 드럼 내부로 열이 직접 전달되지 않도록 막아두어 복사, 대류, 전도열을 모두 사용하는 '반열풍식', 그리고 대류열을 사용하는 '열풍식'까지. 100kg 이상의 큰 로스터기는 거의 열풍식이다. 뜨거워진 공기가 생두를 감싸 안아 고르고 빠르게 콩을 익혀주기 때문이다. 이곳의 로스터기는 프로밧 신형으로, 구형 모델보다 열풍의 비율이 높아져 빠르고 고르게 생두를 익혀 보다 더 안정적인 커피 맛이 나온다. 보기만 해도 값비싸다는 것이 느껴지는 기계지만 오모테산도 쇼핑 거리 한복판에서 성의 없이 뽑아내는 커피가 아닌, 이렇게 정성 들인 커피를 마실 수 있는 것은 행운이 아닐까 싶었다.

또 눈에 띈 건 커피 바였다. 커피 바는 인텔리젠시아 스타일의 북미 느낌이 나는 바였는데 그래서인지 다른 카페에서 보았던 손님들은 테이

더 로스터리 바이 노지의 뻥 뚫린 입구는 쇼핑에 지친 많은 사람에게 천국과도 같다.

더 로스터리 바이 노지의 메뉴판.

내부의 바는 시원하게 오픈되어 있어 누구든 커피 내리는 모습을 볼 수 있다.

블에 앉아서 커피를 즐기거나 노트북으로 작업하는 정도였다면 이 카페에 머무는 사람들은 좀 더 자유롭게 서서, 때로는 돌아다니면서 커피를 즐기고 있어서인지 이 모습이 색다르게 다가왔다. 카페의 의자와 테이블들의 높이가 높은 편이라 한국 카페처럼 편안한 의자가 많은 곳에 익숙해져 있다면 약간 불편할 수도 있을 것 같기도 하다.

이곳에 도착하면서부터 커피와 방문하는 손님들까지 계속 신선함을 감출 수가 없었는데 정점은 이곳 직원들이었다. 다른 카페들은 무언가 자유로운 느낌이면서도 친절함과 단정함이 잡혀 있었고 그 자유로운 느낌도 약간 틀에 박힌 것 같았지만, 이곳은 정말 자부심이 가득

드립 스테이션 구역. 여기에서는 드립에 관련된 빈도 판매하고 있다.

넘치는 그런 자유로움이었다. 날것 그대로라고나 할까. 직원들은 자기 일에, 자신의 가게의 커피 맛에, 자신의 로스팅에 언제나 자신감이 있는 태도였다. 그래서 손님에게 추천하는 메뉴에 대한 자신감도 넘친다. 그 모습이 거만하지 않고 보는 기분도 나쁘지 않았다. 아니, 나는 되게 보기 좋다고 생각했다. 자신감으로 무장한 모습이 더욱 신뢰를 주었으니까. 직원들의 통통 튀는 자유로운 분위기가 가게 풍경과도 잘 어우러져 생기가 가득했었다.

커피를 마시면서 나도 복도를 거닐며 사람들 사이를 헤집고 이곳저곳을 구경했다. 좋은 로스터기를 써서 더욱 궁금했던 로스팅 파트로 저절로 발걸음이 향했다. 이곳은 로스팅 파트와 바리스타 파트가 나누어져 있었다. 로스팅 파트 안쪽에서는 퀄리티 컨트롤Q.C을 위해 많은 직원이 커핑을 하고 있었으며, 바로 앞쪽으로 판매대가 있어서, 손님들은 로스팅 파트를 살펴보고 마음이 끌려 바로 원두를 구매하는 그런 모습이 연출되고 있었다. 자연스럽게 커피에 관심을 끌고 구매를 유도하는 게 좋은 아이디어 같았다.

노지에서는 아이스크림뿐만 아니라 소규모로 베이커리 류도 판매하고 있었다. 쇼핑하고 잠시 들러 간단히 요기하기에 나쁘지 않은 정도였다. 이런 커피 전문점에서 왜 하필 아이스크림을 팔까 갸우뚱 했었는데 주변이 쇼핑 거리라 다양한 연령층의 사람들이 모여서 그런지 아이들과 함께 오는 손님들을 배려하는 것 같았다. 그래서 그런 큰 아이스크림 기계를 바 한쪽에 딱 배치해둔 것이 이해가 되었다. 어린이에게는 아이스크림으로, 어른들에게는 커피로 가족이 함께 올 수 있는 카페인 것이다. 아이와 어른 너나 할 거 없이 편하게 쉬고 있는 풍경이 나를 절로 미소 짓게 한다. 쇼핑을 마치고 다리가 아파 쉬고 싶을 때, 어디로 가야 할지 갈팡질팡하게 되는 복잡한 거리 속에서 한줄기 오아시스 같은 그런 카페였다.

추천메뉴

싱글 오리진 아메리카노

한 가지 원두로 내린 에스프레소를 넣은 아메리카노여서 원두가 가진 특성을 더욱 잘 느낄 수 있다. 취향대로 자신이 좋아하는 맛을 추천받아 1가지 품종으로 된 아메리카노를 마셔보자. 단, 싱글 오리진 에스프레소는 와인 잔에 담아주는데 향미를 느끼기에는 좋을 수 있지만, 마실 때는 조금 불편할 수도 있다.

소프트아이스크림

흔히 아는 소프트아이스크림과 크게 다르지 않은 맛이긴 했지만, 커피 이외에 이곳에서 주력으로 판매하는 것이기 때문에 노지에 방문한 기념으로 커피와 함께 마셔보아도 좋을 듯하다.

더 로스터리 바이 노지 커피

홈페이지	www.nozycoffee.jp
주소	5-17-13, Jingumae, Shibuya-ku, Tokyo
연락처	+81-(0)3-6450-5755
영업시간	월~토요일 10:00~22:00 일요일, 공휴일 10:00~21:00
휴무일	연중무휴

TOKYO CAFE | 4

오니버스 커피

ONIBUS COFFEE

손님 한 명 한 명의 일상을 자유롭게 담아내는 커피

다시 아침이다. 한국에서의 일상과 다르지 않게 이불 속에서 뒹굴뒹굴하기를 한 열 번쯤 반복하고 나서야 하루를 시작하기 위해 겨우 몸을 일으킨다. 샤워실로 향하는 발걸음은 오늘도 무겁지만, 어기적대며 거울 앞에 선다. 조금 작은 두상에 조금은 넓은 이마. 조금 진한 눈썹은 다듬지를 않아서 거칠고, 모양마저 일-자로 되어가고 있다. 수염은 겨우 하루가 지났는데, 참 많이도 자라 있다. 서비스 직종에 오래 몸 담그고 있어서인지 언제든 웃을 준비가 되어 있는 선한 눈은 전체적으로 날 바라보고 있다. 감상을 뒤로하고 슬슬 씻고 나와 거리로 나선다.

일본 말이라고는 아주 조금만 할 줄 아는, 짧은 영어로 이야기하는 것이 더 편한 한국인. 아침거리에는 직장인과 학생들이 바삐 움직이고 나는 한 손에는 카메라를, 한 손에는 지갑을 들고 혼자서만 편한 복장으로 터벅터벅 그들을 가로지르고 있다. 천천히 걷는 사람. 이들에게 나는 어떻게 보일까? 마음 편한 여행객 혹은 백수 일본 청년, 아니면 누군가의 말처럼 프리랜서로 보일지도 모르겠다. '나는 다른 이에게 어떤 모습으로 비치는 사람일까?'라는 생각이 요즘 더욱 화두로 떠오르는 것 같다. 그래서인지 나 본연의 모습을 많이 감추고 또 가리기도 하고, 결국 서로가 비슷비슷한 모습으로 살아가는 것 같다. 조금은 못나도 괜찮을 텐데 자기 안에 있는 못난 모습을 꽁꽁 싸매고 감춘 채로 단편적인 '좋은' 모습만 보고, 서로를 칭찬하고 '척'하며 살아가는 사람들이 가득한 세상. 이런 사람들이 마치 정석이고 당연한 것이 되어서 솔직한 사람들은 튀는 사람으로 치부된다. 가짜 사람들이 더 많아진 듯해서 나의 기분도 덩달아 이상해진다.

1층 작은 공간의 반 이상을 차지하는 로스팅 룸. 미국 로스터기인 디드릭 12kg이 자리하고 있고 납품용 빈들이 쌓여 있다.

커피도 별반 다르지 않아 보인다. 대세는 '보이는 것'이고 여기에 치중되어 있다. 고가의 장비와 당장 눈에 띄는 각종 인테리어. 이것에 가려져 진짜 본질적인 커피의 맛은 잘 모르거나 그렇게 큰 관심을 두지 않는 지경인 것 같다는 생각이 든다. 이게 돈만을 벌기 위한 사업이라면 물론 이렇게 해야 할 것이다. 대중의 구미를 당길만한 요소를 만들고 그것으로 소비의 극대화를 이루어 내는 것. 카페의 중심인 음료 맛은 기본을 지키되 다른 부분에 더 주력하여 카페를 운영하는 게 어찌보면 생존을 위한 방법이겠지만, 여전히 아쉬움이 가득하다.

그래서 오늘은 조금 다른 곳으로 가보고 싶었다. 너무 크고 화려한 곳

'스마트 스케일', '하리오' 드립퍼. 이것을 이용해 드립을 내려준다.

이 아닌 작고 평범하지만, 맛 하나로만 자신들의 정체성을 드러내는 카페. 일본 바리스타들 사이에서도 굉장히 유명한 곳으로, 10평정도 크기인 작은 카페인데도 원두 납품은 여기 저기 다양하게 하고 있다는 이 '오니버스 커피'를 향해 걸음을 옮겼다. 작다고는 들었지만 이렇게까지 작고 이렇게까지 구석에 있을까 싶을 정도의 장소에 위치한 오니버스는 나카메구로역 뒤편의 첫 번째 골목 가장 안쪽에 있다.

카페에는 디드릭 로스터기 12kg과 커피를 내리는 드립바drip bar, 에스프레소 바를 제외하면 1층 내부는 자리에 앉을 수 있는 공간이 아예 없다. 외부에 자리하고 있는 벤치에 앉아야 하는 상황. 2층에는 조그마한 공간이 있다. 바리스타는 3명이 일하고 있었으며, 2명이 추출을, 1명이 로스팅을 담당하고 있는 것으로 보였다. 각자 분담하여 한쪽에서는 로스팅하고 다른 한쪽에서는 계속 납품용 빈을 포장하고 있는, 분주하지만 활기 넘치는 모습이었다.

이 카페는 에스프레소가 3가지 종류나 되어서 에스프레소를 마시기로 했다. 에티오피아, 케냐의 2가지 싱글 오리진과 블렌드 에스프레소인데, 블렌드는 화사함을 더하기 위해 '메져 로버'로, 에티오피아는 'ek43'으로 그라인딩하여 커피를 추출한다. 커피 머신은 라마르조꼬 리네아 2그룹을 사용하고 있어 커피의 맛을 더 끌어올려 완성도를 높이고 있었다. 블렌드 에스프레소를 한 모금 천천히 마셔보니 매우 깔끔하고 화사한 맛이 감도는 게 일본에서 마신 에스프레소 중 가장 화려하면서도 거부감이 없었다. 적당한 산미와 단맛이 지배적이고, 강한 맛이라기보다 은근하게 진한 맛이었다. 바리스타인 나의 입장에선 군더더기 없이 좋은 맛이었고, 평소 아메리카노나 드립 커피를 즐기지 않는다면 좀 진하게 느껴질 수는 있겠다.

바리스타들이 다른 카페에 가서 시음할 때, 왜 하필 에스프레소를 마시고 평가하는지 궁금해하는 사람들이 있다. 에스프레소라는 메뉴는 가장 기본적이기에 이 하나만으로도 그 이상을 파악할 수 있어서 그렇다. 에스프레소 세팅을 제대로 잡았는지, 맛이 비어서 일명 '물맛'이 나지는 않는지, 산미 중에 혀를 콕 찌르는 산미가 아닌 부드러운 과일향의 산미 등이 잘나고 있는지 등으로 그 카페의 바리스타가 표현하려고 하는 맛이 어떤 것인지 알 수 있다. 그래서 이 에스프레소를 기반으로 만드는 아메리카노나 카푸치노, 라떼 같은 베리에이션 음료들

앙증맞은 크기로 가게 머리맡에 쓰인 카페 이름.

빈을 판매하는 진열대가 주문대 오른쪽에 있는데 빈 설명을 매우 자세히 정리했다.

오로지 커피에만 주력하고 있음을 보여주는 단출한 메뉴판이다.

의 맛도 가늠할 수 있다. 스팀 우유와 에스프레소가 만나 또 다른 맛을 냄으로써 커피를 더 재미있게 맛보게 되니 알고 마시는 커피에 대한 느낌이 다를 수밖에 없다.

신기하면서도 역시 쉽게 수긍할 수 있었던 점은 '커피의 맛'이라는 건 그 어떤 부가적인 요소들과 아무런 상관이 없다는 것이었다. 이곳은 규모도 작고 많은 것이 갖춰지지 않은 데다 — 물론 작지만, 그들만의 감각은 생생히 살아있었다 — , 사실 개인적으로 에스프레소 잔이 마음에 들지 않았던 카페였기도 했다. 그러나 커피를 맛보는 순간 탄성이 저절로 나왔다. 다른 단점은 생각나지 않고 오로지 커피에만 집중

투박한 디자인의 에스프레소잔. 내 마음에 썩 들지는 않았지만, 이걸로 맛을 가릴 수는 없었다.

할 수 있었다. 디자인이 예뻐 유명해진 에크미의 잔이나, 예전에 한창 휩쓸고 지나갔던 에스프레소 파츠는 굳이 꼭 쓰지 않아도 된다는 그 태도에서 깊은 멋이 느껴졌다.

잠시 쉬고 싶어 2층으로 올라갈까 하다가 1층 테라스의 매력을 두고 2층으로 올라가기란 그다지 내키지 않아서 그냥 1층에 머물러 있기로 했다. 그리고 카페 이름에 무언가 뜻이 있을까 싶어 바리스타에게 물었다. 'Onibus'. 포르투갈어로 '공공버스', '만인을 위한'이라는 뜻이라고 한다. 버스정류장에서 사람과 사람을 이어주는 일상을 담은 커피를 건네는 사람이 되고 싶다는 의미를 담았다고 했다.

그래서인지 주위를 둘러보니 사람들 대부분이 테이크아웃 잔을 들고 앞에 서서 바리스타와 이야기를 나누거나 자신들만의 시간을 보내고 있었다. 대화와 소통을 위한 카페, 구석에 위치한 나만의 아지트 같은, 소소하지만 소중한 시간이라는 느낌을 강하게 받았다. 나도 바리스타와 커피에 대해 이런저런 의견을 주고받고 싶었지만 나보다 먼저 와 있던 손님과의 대화가 끝나지 않아 다음을 기약하며 자리에서 일어났다.

다들 무언가 비슷해 보이고 그렇게 변해가는 카페 사이에서 사람을 직접 만나고 싶을 때, 허심탄회한 이야기를 나누고 싶을 때 나도 일본에 살았다면 이곳을 찾지 않았을까? 그럴 때마다 왠지 이곳은 언제나 날 기다려 줄 것만 같은 기분이다.

요요기한치민역

추천메뉴

에스프레소 - onibus blend(가시연꽃 조화)

오니버스에서 에스프레소로 사용하는 빈으로 달콤함 속에 과일 향을 느낄 수 있으며, 모두 마시고 나서도 입안에 향이 맴도는 여운이 기분을 들뜨게 한다.

신센역

리오하시역

달칸아마역

에비스역

나카메구로역

오니버스 커피

홈페이지	www.onibuscoffee.com
주소	2-14-1 Kamimeguro, Meguro-Ku, Tokyo
연락처	+ 81-(0)3-6321-3283
영업시간	09:00~18:00
휴무일	연중무휴

유텐지역

쿠게이디이가쿠역

TOKYO CAFE | 5

어라이즈 커피 로스터스

ARISE COFFEE ROASTERS

에스프레소 머신이 없어도 맛있는 커피를 마실 수 있는 곳

'모두가 "예"라고 말할 때 "아니오"라고 말할 수 있는 용기.'
예전에 한창 유명했던 광고 문구이다. 이 말대로 이루어졌으면 좋겠지만, 현실에서는 사실 이처럼 행하기란 여간 어려운 것이 아니다. 기본적인 사회 통념에 "아니"라고 말하며 반대편에 서는 행동을 했을 때, 마치 사회에 적응하지 못한 사람처럼 치부해 버리기 때문이다.

이걸 카페에 비추어보자. 모두가 생각하는 일반적인 카페는 어떤 곳일까? 보통은 아메리카노나 라떼 같은 음료를 떠올릴 것이다. 바리스타인 내가 가장 먼저 생각하는 것은 바로 커피 머신과 그라인더이다. 커피를 내릴 때 필요한 기계들. 이 두 가지를 가지고 추출한 에스프레소를 가지고 아메리카노나 라떼, 모카처럼 사람들이 카페에 들어가서 주문하는 다양한 음료들을 만든다. 즉, 이런 기계가 없다면 카페 음료를 만들기 어렵다는 뜻이다.

SNS를 통해 입소문을 탄 국내 카페 중 한 곳도 역시 별다른 에스프레소 머신 없이 진한 드립을 베이스로 하여 음료를 만들어낸다. 찾아보면 이러한 카페들이 적지 않게 있지만, 사람들의 생각은 아직 '카페'하면 음료를 만드는 바bar와 그곳에 있는 에스프레소 머신과 그라인더가 있는 풍경을 기본적으로 상상하지 않을까 한다. 이런 기본적인 통념과는 다르게 머신 없이 2호점까지 확장한 카페가 있다고 하여 일본에 가면 꼭 들러야겠다고 생각했다. 그렇게 부푼 마음을 안고 찾아간 곳이 주택가에 자리한 '어라이즈 커피 로스터스'이다.

기요스미시라카와 역 부근에 있다고 했는데 사실 직접 가보니 너무 애매한 거리에 떨어져 있었다. 걸음이 살짝 버겁게 느껴질 때쯤 어라

어라이즈 커피의 외부 전경.

이즈 커피가 보였다. 파란 지붕이 인상적인 이곳은 건물부터 독특하다. 건물이 코너에 위치해 있고 문 양옆으로 이어진 벽 앞에 벤치를 두어 사람들이 밖에서 음료를 즐길 수 있도록 했다. 일본에 소규모 카페가 많긴 하지만 — 각자 생각하기 나름이지만 저자 기준으로는 10평 정도 규모인 카페 — , 여기도 좀 작다는 느낌이었다. 내부 역시 단출했다. 큰 기계가 놓여 있어서 살펴보니 후지 로열 로스터기 5kg이 하나가 있었고, 주인이 서 있는 바와 그 위에 올라간 각종 원두, 드립퍼가 보였다. 역시 커피를 내리는 에스프레소 머신은 없었다. 이 공간이 카페 전체의 2/3를 차지하고 있어 어떠한 공간이라고 할 게 없는 곳이긴 했다. 왜 2호점을 빨리 냈는지도 알 수 있을 것만 같아 슬쩍 웃

어라이즈 커피 앤 탱글(어라이즈 커피 2호점인 격)의 내부 모습.

음이 나왔다.

카페에는 독특한 분위기의 주인이 손님을 맞이한다. 마치 자메이카에서 막 도착한 듯한 차림과 레게 스타일의 머리가 더 그런 인상을 주는지도 모르겠다. 분명 내가 외국인이라는 것을 아는 눈치였지만, 외국인에게도 아무렇지 않게 일본어로 음료를 설명하다가도 막상 가장 중요한 단어들은 영어로 설명해서 주인의 말을 거의 알아듣지 못했는데도 음료 주문은 어렵지 않았다. 에스프레소 머신이 없어 드립 종류만 마실 수 있기에 드립 커피를 주문했다. 조금은 낯선 일본어에 어색함을 유지했던 내 표정에서 느낀 건지, 그가 외국인을 상대하는 데 베테

바리스타가 그날 가장 좋은 상태인 원두라며 소개했던 도미니카 원두이다.

랑인 건지 어쨌든 바리스타의 응대 방식이 신기했다.

카페 손님들은 대부분 주인과 친한 것처럼 거리낌 없이 대화하고 있었다. 드립을 기다리는 동안 어떤 손님들이 오는지 구경했다. 어린아이를 안고 오는 어머니부터 학생, 직장인까지 다양하고 많은 사람이 자신의 드립을 주문하고 가지고 가는 모습이었고 모든 벤치에 사람들이 삼삼오오 꽉 차 있었다. 쓱 찾아 왔다가 잠시 머물고 떠나가는 곳 같았다.

바리스타가 맛의 균형이 가장 좋다며 추천해준 도미니카 드립 커피를 사 마시며 카페를 나왔다. 그리고 2호점이라고 불리는 어라이즈 커피 앤 탱글로 향했다. 걸어서 5분 정도로 1호점에서 그리 멀지 않았다. 보자마자 1호점과 굉장히 다른 분위기라는 걸 느꼈다. 흔히 이야기하는, '잘 갖추어진' 카페의 모습을 하고 있었다. 뭔가 한국다운 분위기를 자아내는 곳이었다. 카페 안에서는 라운지 음악이 흐르고 있었고, 깔끔하고 미남인 바리스타가 웃으며 반겨주었다. 구석에는 커피와 함께 즐길 수 있는 스윗츠들 또한 구매할 수 있도록 갖춰 두었다.

드립퍼는 도넛 드립퍼를 사용하고 있었다. 일반 플라스틱 컵에 바닥 중간을 동그랗게 뚫어 놓은 것 같은 드립퍼가 도넛 드립퍼인데 이 드립퍼를 사용하는 곳은 이번 일본 여행 중에서 이곳을 제외하고 어느 곳에서도 볼 수 없었다. 그리고 일반적으로 커피 한 잔을 내릴 때는 원두 15~20g을 사용하지만, 여기서는 더 많은 원두인 26g으로 빠르게 추출한다고 한다. 이렇게 독자적인 방식을 추구하며 카페를 운영해왔다고 말하는 바리스타에게서 그 뿌듯함과 자부심이 여실히 느껴졌다.

바리스타가 내려준 에티오피아 드립 커피는 굉장히 밀키한 질감 ― 물보다는 무거운, 보통 우유를 마셨을 때 느껴지는 약간 묵직한 질감 ― 을 가지고 있었으며, 과일의 신맛처럼 입안을 상큼하게 만들어 주었다. 일본의 카페를 다니면서 느꼈던 점은, 말이 잘 통하지도 않고 초면인 사이지만 바리스타들이 손님들과 뭔가 좀 더 이야기하려고 하고, 친절하고, 그 순간만큼은 정말 돈독해진 것 같단 기분을 가지게 한다는 것이었다. 이곳 2호점의 바리스타는 한국인인 나를 잡고 자신이 아는 한국 바리스타들의 이름을 줄줄이 말하며 친근함을 표시하기도 하고, 일본에 왔다면 꼭 방문해야 하는 카페들의 이름을 알려주면서 본

어라이즈 앤 탱글의 입구 간판.

인이 한국에 갔을 때 꼭 가보아야 하는 카페들도 알려달라며, 펜과 종이를 건네주기도 하였다.

자기가 태국에 '커피산지 투어'를 갔다가 오늘 새벽에 도착해서 한숨도 못 자고 가게에 나왔지만 지금 당장 이 커피를 마셔보고 싶어 죽겠다며, 너무너무 좋았다며, 아직 로스팅을 못 해서 나에게 권할 수 없는 게 너무너무 아쉽다며 안타까운 표정을 짓는 모습에 그가 얼마나 커피를 사랑하고 있는지가 진심으로 느껴졌다. 내가 바리스타라는 말을 했던 순간부터 내가 카페를 나가는 순간까지도 그는 계속 커피에 대한 이야기뿐이었다.

어라이즈 앤 탱글은 어라이즈 커피 로스터스보다 조금 더 여유롭고 편안했다.

이제 곧 다음 일정을 위해 나가야 할 시간이 다가와 가장 궁금했던 것을 물어보았다.

— 머신이 없으면 불편하지 않으세요? 손님들도 들어왔다가 그냥 나가지 않나요? 머신이 없는 데도 손님이 별다른 말이 없나요?

그러자 한마디로 정의를 내렸다.

— 카페에 왜 머신이 필요한지 잘 모르겠어요. 머신 없이도 맛있는 커피를 마실 수 있거든요.

— 저는 솔직히 라떼 아트 챔피언십에서 결선에 올라간 적이 있을 만큼 라떼 아트에 자신이 있지만 맛있는 커피를 마시기 위해 굳이 머신을 꼭 써야 할까 싶어요. 아니, 오히려 좋은 커피를 권하기 위해서는 더 머신의 필요성을 못 느끼고 있어요. 좋은 머신보다는 좋은 생두를 찾으려고 노력합니다.

라고 말하는 그의 모습에 한 대 맞은 기분이었다.

바리스타로서 당연히 알고 있어야 할 커피 생두의 중요성. 커피를 커피로 받아들이고, 맛으로 받아들이고, 생활의 일부분으로 받아들여야만 가능한 것들. 자신의 취향이 분명하게 있는 사람들에게 선택권을 주고 매일매일 커피를 마시는 것이 삶인 사람들에게 머신이 있고 없고는 중요치 않은, 모든 사람을 위한 카페가 아니라 필요로 하는 사람들을 위한 카페로, 그렇지만 그 안에서 맛에 대한 자부심과 최선이 동반된 카페. 한편으로는 아주 부러웠고 그들을 통해 비치는, 점점 변해갈 한국의 카페도 기대하며, 키요시와 인사를 나누고 어라이즈 커피를 나왔다.

추천메뉴

도미니카 핸드드립

2번이나 방문했음에도 항상 끊임없이 추천하는 메뉴로 바리스타의 말에 따르자면 언제 마셔도 맛있는 커피라고 한다. 이미 마셨어도 맛있을 것이라며 권하는 것이 왠지 이 카페에서 가장 자신 있어 하는 빈이라 생각한다.

태국 핸드드립

나는 아쉽게도 마셔보지 못했지만, 이 책을 보는 누군가가 대신해서 마셔주었으면 하는 바람이 있다. 바리스타인 키요시가 직접 산지에서 커핑하고 극찬을 했던 음료이다.

어라이즈 커피 로스터스

홈페이지	www.arisecoffee.jp
주소	1-13-8 Hirano, Koto-Ku, Tokyo
연락처	+ 81-(0)3-3643-3601
영업시간	10:00~18:00
휴무일	월요일

TOKYO CAFE | 6

푸글렌

FUGLEN

미지의 노르딕 로스팅, 북유럽 커피를 마시고 싶다면

견고한 집을 지으려면 이탈리아 건축가의 손으로 도면을 그리고, 그것을 독일의 기술자가 짓고 집을 지은 후에는 북유럽 인테리어 전문가가 집을 꾸미고, 마지막으로 영국 정원사에게 정원을 맡기라는 말이 있다. 여기서 알 수 있듯이 북유럽 인테리어는 세계적으로 인정받는 것 중 하나다. 그들이 흔히 사용하는 노르딕 패턴은 그 나라의 겨울 문화에서 비롯된 것이고, 그들의 교육 환경 역시 주입식보다 더 많이 생각하고 창의성을 발휘하도록 하고 있다. 북유럽 스타일은 비단 디자인에만 국한된 것이 아니다. 커피에서도 북유럽 스타일이 있다. 그리고 이런 스타일의 커피 또한 세계적으로 떠오르고 있다. 일명 '노르딕 스타일 로스팅'이 그것이다.

노르딕 스타일의 로스팅이란, 북유럽권에서 사용하는 로스팅 방식으로 한때 한국의 로스터들 사이에서도 관심을 불러일으켰었고, 나 역시 노르딕 스타일로 로스팅을 시도했었다. 약한 불로 서서히 로스팅하는 약배전으로 로스팅 시간이 생각보다 길고, '볶는다'는 느낌보다 '쪄낸다'라는 느낌이 강하다. 겉보기에는 익지 않은 것 마냥 쭈글쭈글하고 볼품없는 모습이지만 속 안은 알차게 익어있는 — 아니, 잘 쪄 있다고 말하는 게 더 적당한 — 이 로스팅 방식은 여전히 나에게는 궁금증을 자아내는 로스팅 방식이다. 노르딕 스타일로 로스팅하는 바리스타를 만나 서로의 생각을 이야기하고 공유할 수 있는 시간이 있다면 꼭 함께하고 싶을 만큼 매력적이다.

나 또한 내가 하는 익숙한 로스팅 방식을 제외하고, 다른 사람의 로스팅 방식이나 생각이 궁금해질 때가 있다. 그래서 내가 가장 관심 있어하는 단맛의 극대화와 은은한 산미의 발현이라는 점이 일치하는 이 노르딕 스타일 로스팅에 자꾸만 관심을 두게 된다. 지금도 계속 공부하는 중이며, 새로운 노르딕 스타일의 정보에 귀 기울이고 있다.

노르딕 스타일 로스팅의 선두주자로는 '팀 윈들보'가 있는데 한국에도 잘 알려진 바리스타이다. 노르딕 스타일 로스팅의 대표적인 카페로는 '푸글렌'이 있으며 일본에도 매장이 있다고 하여 여행할 때 반드시 가봐야겠다고 항상 생각하고 있었다. 일본 여행 중 가장 가보고 싶은, 가장 마시고 싶은, 가장 빈을 사고 싶었던 카페. 그래서 와이파이도 없이 혼자서, 아침 일찍 푸글렌을 찾아 떠났다. 그러나 이내 곧 와이파이 없이 일본 거리를 움직인다는 게 쉽지 않은 일이라는 걸 깨달았다.

와이파이가 잡히지 않아 기기를 쓰지 못했다. 도큐핸즈 옆길로 쭉 올라가면 쉽게 찾을 수 있는 것을 도큐디파트먼트 옆길로 올라가 완전히 다른 길을 헤매고 있었다. 도큐핸즈 근처에 있는 대형 매장 4개는 모두 같은 계열의 회사로 이름도 비슷해서 헷갈리고 있었던 것이다. 얼른 마시고 싶은데 길은 헤매고 발걸음은 점점 빨라져 어찌할 바를 몰랐을 때 영어를 잘할 것 같은 한 신사분을 만났다. 푸글렌의 위치를 물어보자 거기가 어딘지는 모르지만 지금 있는 길은 도큐핸즈와는 완전히 다른 길이라는 것을 말해주었다. 그러면서 도큐핸즈가 있는 거리까지 데려다주겠다며, 왜 왔는지, 어떤 일을 하는지 등을 물어보며 함께 나서주었다. 내가 일본에 온 이유를 듣고 많고 많은 카페 중에 왜 푸글렌에 가려는지, 당신이 그렇게 가보고 싶어 하는 카페라면 나도 꼭 가봐야겠다는 말을 해주는데 왠지 모를 책임감이 생겼다. 꼭 '내가 소개하는 곳들이 남부끄럽지 않아야 할 텐데'라는 사명감이랄까?

푸글렌의 상징인 새 모양 로고.

빈 판매대. 빈은 200g 단위로 구성되어 있고 빈에 대한 정보를 써서 앞에 두어 더 꼼꼼히 선택할 수 있게 했다.

카페 내부는 전형적인 일본 스타일과는 조금 다르다. 장식장도 패턴이 다양한 그릇들로 가득 차 있다.

친절한 신사분과 헤어진 후 다시 한 번 찾아온 시련. 분명 내가 생각한, 그분이 알려준 바로 그 길인데 푸글렌이 없다. 왜지? 왔던 길을 되돌아오며 골목들을 천천히, 하나하나 살피는데 중간쯤에 빨간색 새 로고가 보인다. 노르웨이어로 새라는 뜻의 푸글렌. 그곳에 그렇게 힘들고 어렵게 도착했다. 노르웨이의 카페답게 전형적인 유럽 스타일의 바와 내부 구조. 외부 벽을 따라 좌식의자가 펼쳐져 있는 것도 하나의 신기한 광경이었다. 일본에서 볼 수 있는 유럽의 모습이었고, 그리 크지 않은 규모였지만, 실용적으로 자리를 배치해 두어 사람들이 안락하게 즐길 수 있도록 한 인테리어 또한 인상 깊었다.

밖을 바라볼 수 있는 테이블. 사람들이 모두 앞을 바라볼 수 있게 하여 인상적이었다.

외국 스타일의 커피를 파는 곳인데, 동네 사람들에게도 인기가 많아 보였다. 크게 말하면서 웃고, 매일 이곳에 찾아오는 것 같은 사람들. 하긴 맛있으면 그 출처가 어느 나라든 무슨 관계가 있을까? 음료를 받아든 사람들은 밖에 서서, 때로는 앉아서 자연스럽게 이야기하고 있고, 인종이나 성별, 나이 따위는 상관없다는 듯 동양인부터 서양인, 20대와 60대가 상관없이 웃고 떠드는 모습이 그대로 내게 담겼다. 친구네 뒷마당에 옹기종기 모여 이야기를 나누고 있는 듯, 그 풍경을 바라보고 있는 내 얼굴은 언제 힘들었냐는 듯이 익숙하게 미소가 지어졌다.

나처럼 처음 방문한 듯 보이는 사람들은 내부에서 조용히 자기 일에 열중하고 있었다. 꾸준히 밀려드는 손님들로 복잡할 것 같았지만, 바 안의 바리스타는 침착했고, 실내는 언제나 고요하고 침착한 분위기였다. 기다리는 사람도 앉아있는 사람도 그리고 내부에서 흐르는 음악까지도 올드 팝이라고 해야 할까, 엘라 피츠제럴드나 루이 암스트롱이 활동했을 때의 음악이랄까. 팝과 재즈 음악이 주류를 이루고 있었다. 음악과 내부의 분위기가 굉장히 잘 어울렸다. 내부는 내부 나름대로, 외부는 외부 나름대로 각기 다른 매력으로 기분이 좋았던, 말로 설명하기 어렵지만 마치 익숙한 누군가의 품처럼 정겹고 따뜻했다.

그렇게 풍경을 보고 있는데 가게에 들어선 한 한국인. 같은 나라에서 온 같은 말을 하는 사람을 보고 혼자 속으로 반가워하고 있었다. 커피를 굉장히 좋아하는 듯한 이 청년은 빈을 사 들고 바의 테이블 중에서 바리스타와 가장 맞닿을 수 있는 곳에 앉아 바리스타의 모습을 하나하나 주시하며 사진을 찍었다. 그리고는 위에서 아래를 내려다보는 컷으로 메뉴들을 이렇게 저렇게 자세를 바꿔가며, 커피와 디저트의 구도도 바꿔가면서 사진을 찍었다. 곧 SNS에 업데이트할 것만 같아 나도 모르게 그의 SNS를 찾아 조용히 '좋아요'를 누르고 싶었다. 바리스타들은 그런 모습이 신기한지 잠깐 일을 쉬는 틈이 생겼을 때 티 나지 않게 눈을 옆으로 흘기며 그 친구를 흘끔거리고 있었다. 요즘 한국 젊은이들의 전형적인 인스타그램 사진인 일명 정방형 프레임의 사진 찍는 추세가 외국인에겐 마냥 신기한 모양이다.

푸글렌에서 추천하는 오늘의 커피는 노르딕 스타일 로스팅인 약배전으로 내려진 케냐 커피였다. 앞서 이야기했지만 푸글렌에서 사용하는

푸글렌의 카푸치노. 부드러우면서 촘촘한 우유 거품이 맛있었다.

노르딕 스타일 로스팅이어서 산미가 은은하고 단맛이 좋아 마시기에 부담스럽지 않았다. 산미가 있는 커피를 꺼리는 사람들도 부담 없이 커피를 즐길 수 있는 로스팅 방식이기에 푸글렌에서 한번쯤 노르딕 스타일의 산미가 있는 빈들을 도전해 볼 만하다고 권해주고 싶다.

내가 마신 카푸치노는 근래 일본에서 마신 카푸치노 중 손에 꼽을 정도로 좋았다. 전체적인 균형도 좋았고, 부담스럽지 않은 약간의 산미와 풍부한 단맛이 으뜸이었다. 우유 거품은 벨벳 거품 — 주로 라떼 아트를 하기 위한 스팀으로 부드러운 목 넘김이 특징 — 이었고, 우유 온도도 마시기에 딱 적당했다.

북유럽 커피나 카페 인테리어에 관심을 갖는 사람들이 북유럽으로 푸글렌을 찾아 여행을 가기도 했다는 말이 있을 만큼 북유럽, 그들만의 감성과 커피 스타일은 뚜렷하다. 그리고 이 스타일을 오슬로 — 노르웨이의 수도 — 뿐만 아니라 도쿄에서도 소개하고 있어 우리나라 사람들도 일본 도쿄의 푸글렌에 방문해 북유럽을 느낄 수 있게 되었다. 단순히 그저 멀리 가지 않고 좀 더 가까이서 맛있는 커피를 만날 수 있다는 것, 그것만으로도 우리는 도쿄를, 푸글렌을 핑계대고 훌쩍 떠날 수 있을 것 같다.

Tip

스팀 우유는 보통 벨벳 거품이라 하는 부드러운 거품과 드라이한 거품이라고 하는, 질감이 느껴지는 묵직한 거품으로 나뉜다. 벨벳 거품은 거의 라떼 아트를 하기 위해 스팀을 하는 것이고 부드러움을 선호하는 사람들이 좋아한다. 드라이한 거품은 커피 위에 반듯하고 동그랗게 올라가는 거품 형태로 조금 더 질감이 잘 느껴지는 거품이다.

추천메뉴

카푸치노

노르딕 스타일로 만들어진 카푸치노는 단맛과 은은한 산미가 곁들여졌다. 에스프레소와 우유가 만나 부담스럽지 않게 노르딕 커피를 즐길 수 있다.

라즈베리 쿠키

많은 빵을 제치고 사람들이 가장 많이 집어 드는 간식이었다. 비스코티도 인기가 좋았는데, 라즈베리 쿠키가 우유 베리에이션 음료와 더 적합했다. 드립 커피나 아메리카노를 더 좋아한다면 비스코티도 괜찮을 것 같다.

푸글렌

홈페이지	www.fuglen.com/japanese www.facebook.com/Fuglen.Tokyo
주소	1-16-11 Tomigaya, Shibuya-Ku, Tokyo
연락처	+ 81-(0)3-3481-0884
영업시간	월~금요일 08:00~19:00 토~일요일 10:00~19:00 (수요일~일요일은 24시~26시까지 연장하여 칵테일 바 운영)
휴무일	연중무휴

TOKYO CAFE | 7

블루보틀 커피

BLUE BOTTLE COFFEE

파란 물병 하나로 문화를 만들어 내는 카페

나만의 이미지를 갖는다는 건 요즘 같은 때에 무척 중요한 요소 같다. 그래서 기업들은 고유한 이미지를 선점하기 위해 많은 노력을 기울이고 있다. 그중 가장 잘 알려진 사례로는 애플이 있다. 애플은 단순한 사과 모양 하나만으로 예쁘고 유행에 잘 맞는 디자인, 혁신적인 제품일 것 같은 기대감을 준다. 사과 모양이 찍힌 노트북을 들고 카페에 가면 내가 좀 더 유행을 잘 따르고 더 감각 있는 사람 같다는 느낌도 들면서.

이런 브랜드 마케팅은 카페 업계에도 있다. 가장 먼저 떠오르는 것이 무엇일까? 아마 우리가 길거리에서 가장 흔하게 볼 수 있는 프랜차이즈 브랜드 '스타벅스'가 아닐까? 스타벅스는 초창기부터 로고에서 나오는 특별함을 경쟁 무기로 삼았다. 좋은 아라비카 원두를 쓰는 브랜드이다 보니 다른 곳에 비해 커피의 질은 좋았지만 값이 조금 비쌌다. 그러나 브라운관이나 영화를 통해 예쁘고 멋진 등장인물이 스타벅스 커피를 들고 바삐 움직이는 모습 등을 보여줌으로써 사람들의 로망을 키웠다. 결국, 스타벅스 커피를 들고 있는 나 자신이 특별해진 것 같은 효과를 주는 고급화 전략이 성공한 것이다.

그러나 이들과 조금 다른 모습으로 브랜드의 아이덴티티를 확고히 정립해가는 카페가 등장했다. 바로 미국의 3대 커피 중 하나라고 불리는 '블루보틀 커피'이다. 단순하면서도 눈에 확 들어오는 파란색 병 하나가 덜렁 그려진 모습은 커피계의 애플이라고 불리기도 하며 이 로고 하나만으로 그들은 사람들의 마음을 녹인다. 로고라는 것이 단지 그들의 모습을 알리는 것뿐만 아니라 사람들의 마음을 사로잡아 이 커피를 마시고 있다는 소속감과 자신의 가치까지도 높여주는 기분을 내는 효과가 있는 것이다. 이 로고가 블루보틀 커피의 특별함을 알리는 큰 역할이 된다는 것이 스타벅스가 초창기에 사람들에게 호감을 샀던 것과 비슷해 보인다. 하지만 블루보틀 커피가 갖춘 것은 그들만의 특별함인 더 맛있는, 더 전문적인, 더 퀄리티 있는 커피를 마신다는 느낌을 준다는 것이다. 즉 더 특별함을 강조한 스페셜티이다.

이런 블루보틀 커피가 일본을 거쳐 다른 아시아 시장으로 가게를 넓히고 있다는 소식을 듣고 이번 일본 여행 목록에 적어두었다. 사실 블루보틀의 모든 지점을 다 가보고 싶었지만, 딱 한 곳에서 오랜 시간 즐기고 싶은 마음에 번화가와 가깝고 사람들이 더 쉽게 이용할 수 있는 오모테산도 역 근처의 2호점 아오야마 매장으로 향했다. 이곳은 시부야와도 가깝고 각종 쇼핑거리로 유명한 오모테산도 역 근처에 있어 커피를 마시며 화려한 거리도 걸을 수 있다.

오모테산도 역에서 나와 블루보틀로 향하는 방법은 굳이 지도가 없어도 될 것 같았다. 주변 골목에 사람들이 삼삼오오 모여 있어 바글바글한 느낌이 난다면 바로 거기가 블루보틀로 향하는 골목이라고 보면 된다. 그 정도로 안쪽 골목에 사람들이 많다. 이 골목에 블루보틀이 있기도 하지만, 다음에 소개할 일본에서 가장 유명한 카페 중 하나인 '카페 키츠네'가 자리해 있어서 더 그런 것 같기도 하다. 골목을 따라 들어가다 보면 사람들이 줄을 서서 사진을 찍기 위해 기다리고 있는 간판을 만날 수 있다. 아무런 꾸밈이 없는 나무 입간판에 파란색 물병 하나를 그려 놓았을 뿐인데 마치 이곳이 성지순례를 하는 장소가 되었다. 사람들은 아무도 없을 때를 기다려 사진을 찍기도 하고 옆에 서서 방문했다는 사실을 증명하기 위해 사진을 찍기도 한다. 카페는 입

오픈형으로 된 매장 바. 직원들은 늘 바쁘게 움직인다.

간판이 서 있는 건물의 2층에 있다. 방문객이 너무 많아 입간판 앞에서 사진을 찍지 못했다고 안타까워하지 않아도 된다. 블루보틀 입간판도 예쁘지만, 과감히 사진을 찍지 않고 건물의 계단으로 올라가서 정면 벽을 바라보면 된다. 이 벽에도 블루보틀의 상징이 그려진 나무 액자가 있어 자연스럽고 예쁜 기념 사진을 남길 수 있기 때문이다.

2층 문을 열고 안으로 들어가면 정면에 주문하는 곳이 있고 이 주변으로 파란색 물병 로고가 프린팅된 다양한 굿즈가 눈에 띈다. 컵, 커피 드립퍼, 에코백 등. 그리고 그 앞에는 굿즈를 사기 위해 사람들이 줄을 맞춰 서 있는 모습을 볼 수 있다. 로고 하나의 힘을 눈앞에서 바로 보

입구 왼쪽에 있는 블루보틀의 빈과 각종 굿즈를 만날 수 있는 진열대이다.

고 있으니 브랜딩이라는 것이 참 중요하다는 것을 피부로 직접 느꼈다. 좀 더 안으로 들어가니 블루보틀의 명성답게 역시나 많은 사람으로 가득 차 있었다. 여느 블로그나 SNS에서 많이 볼 수 있는 것처럼, 한국 사람들이 정말 많아서 한국의 카페에 온 것처럼 한국말을 쉽게 들을 수 있다. 많은 사람들이 오는 만큼 공간 활용 역시 다채로웠다. 바 앞에 있는 공간과 옆으로 이어지는 한 계단 위의 테이블이 있는 공간, 그리고 바깥쪽에 2개의 테이블과 스텐딩 테이블이 준비되어 있다.

홀 쪽은 테이크아웃하는 손님, 크게 이야기하는 사람들로 수다스러운 분위기였고, 반면 반 층 정도 우뚝 올라온 안쪽은 조용히 이야기하거

블루보틀의 심플하면서도 감각이 느껴지는 메뉴판이다.

나 혼자서 자신만의 시간을 가지는 사람들이 있어 이 대조된 모습이 조금 신기했다. 같은 공간에 마치 두 개의 방이 있는 것처럼 다른 분위기였다. 바깥쪽에도 테라스 및 스탠드 테이블이 갖춰져 있었는데 바깥은 큰 나무로 가려져 있어 시원함을 느끼기에 더할 나위 없을 만큼 좋았다.

블루보틀에서는 주문할 때 손님 이름을 적게 하여 이름 뒤에 '사마'라는 극존칭을 써서 주문한 음료를 건넨다. 이 점이 인상적이었는데, 이곳이 현지인보다 외국인의 비율이 뛰어나게 많은 데다 그중에서도 한국 사람들이 많이 찾는 곳이어서 그런지 손님 이름 뒤에 '사마'를 붙여주는 것을 아는 한국인이 자신의 이름을 '욘'으로 적어내는 모습도 목격할 수 있다. 직원에게서 '욘사마'라고 불리며 커피를 받아 주변 한국 사람들에게 작은 웃음을 주는 그런 모습 말이다.

바리스타여서 그런지 나는 어느 카페든 들어가는 순간 커피 머신, 그라인더를 먼저 살펴보게 된다. 블루보틀 역시 그랬다. 어떤 머신과 그라인더를 쓰는지 나도 모르게 훑어보고 있었다. 물론 워낙 유명한 매장이라 더 유심히 보았을지도 모른다. 블루보틀의 머신은 스피릿 3구로 우리나라 카페에서 한창 널리 퍼지고 있는 머신으로 커스터마이징customizing을 할 수 있다. 개성이 뚜렷한 카페에서 자신들의 로고와 색깔을 넣어 많이 사용하고 있다. 그라인더는 메져 로버를 사용하며 코니컬버를 써서 조금 더 화사하며, 너무 강하지 않은 질감의 에스프레소를 추출하고 있었다. 블루보틀에서도 최고급 사양을 지닌 커피 머신을 쓰고 있다. 성능이 좋은 머신은 압력을 유동성 있게 하고 온도를 조절하며 독립 보일러, 프리 인퓨전 같은 기능들이 있어 더 좋은 상태의 에스프레소를 제공할 수 있다. 물론 커피를 세팅하는 바리스타의 혀가 먼저 연습 되어야 하고, 로스팅 또한 온전해야 한다는 전제 조건이 갖추어져야 함은 물론이다.

이곳의 주력 메뉴는 드립 커피라고 볼 수 있다. 바를 보니 드립 스테이션이 바의 중앙을 차지하고 있었고, 드립 도구를 일렬로 세워 계속해서 추출하고 있는 모습이었다. 드립퍼는 블루보틀이 자체 제작한 드립퍼를 가지고 드립을 내리고 있었다. 칼리타와 같은 형식의 드립퍼로 가장 인상적인 것은 한국에서도 가정용으로 많이 쓰고 있는 '바라짜 그라인더'를 사용한다는 것이다. 그런데도 다른 카페들에 밀리지 않는

블루보틀의 아메리카노. 모든 음료는 파란 물병이 찍힌 테이크아웃 잔에 제공된다.

맛을 지닌 커피를 내고 있다는 것. 장비에 치우치지 않는다는 것을 증명하는 모습이었다. 사실 좋은 장비만 유독 사들이며 그런 장비를 쓰는 가게들만 이슈화되는 한국 풍경과는 다른 모습이어서 조금은 낯설었다. '한국에서도 이렇게 장비에 치우치지 않고 카페가 잘 알려질 수 있을까?'라는 생각이 들었다.

앞서 말했듯, 가정용 드립 그라인더임에도 드립 블렌드는 인상적인 화사함이 있었고 아메리카노는 깔끔하면서 단맛이 잘 올라오는 맛이었다. 한국에서 2년 전쯤 유행했던, 약간의 산미와 단맛의 균형이 잘 느껴지는 기분 좋은 커피였다. 2년 전에도 블루보틀 커피를 마셔본 적이 있었는데 그때와 크게 다르지 않은 한결같은 맛이었다. 약배전 로스팅으로 블루보틀만의 방식을 고수한다는 느낌이 들었다. 이렇게 개성을 가진 좋은 맛을 잘 지켜내고 있는 것 같아 괜히 내가 기분이 들떴다.

브랜딩이 확실하고 변함없는 맛을 추구하는 블루보틀은 확실히 유행에 민감한 여타 카페에 좋은 롤모델이 될 것 같다. 다른 이들의 말에 흔들리지 않고, 그렇다고 해서 귀를 아예 닫아버리는 아집이나 고집이 아닌 신념을 보여주는 게 블루보틀만의 아이덴티티가 아닐까 생각한다.

추천메뉴

블렌드 드립

한국에서 마셔볼 수 없다는 희소성과 가정용 그라인더를 사용해 향미와 풍미를 잡아내는 것을 느껴볼 수 있으며, 이렇게 커피를 마시면서 원두와 추출의 중요성을 느낄 수 있다.

아이스 카페라떼

블루보틀은 아이스 라떼가 '진리'라는 말을 워낙 많이 들었지만, 개인적으로 아이스 음료를 많이 마시지 않는 편이라 아이스 음료를 잘 추천하지 않는다. 그래도 많은 사람에게 사랑받는 메뉴면 그것이 바로 대표 커피가 아닐까? 반신반의하며 아이스 라떼를 마셔보니 고소하고 진한 맛이 여실히 느껴졌다. 왜 다들 블루보틀 아이스 라떼를 좋아하는지 알 것 같았다.

블루보틀 커피

홈페이지	www.bluebottlecoffee.com/cafes/aoyama
주소	3-13-14 Minamiaoyama, Minato-ku, Tokyo
연락처	+ 81-(0)3-5413-5380
영업시간	08:00~17:00
휴무일	연중무휴

* 현재 블루보틀은 한국 진출을 앞두고 있다(2018.2).

TOKYO CAFE | 8

카페 키츠네

CAFE KITSUNE

시각적, 복합적 문화공간으로서의 카페를 만나다

어렸을 때 함께 놀다가 다쳐서 피를 흘리는 아이들을 보면 나는 아무것도 하지 못하고 옆에서 같이 울고만 있었던 기억이 난다. 피가 나에게 너무 강렬하게 다가와서 그 사람의 통증이, 얼마나 아픈지가 고스란히 전해져 오는 것만 같았기 때문이다. 시각적이라는 것, 보이는 것은 언제나 각자에게 그 어떠한 느낌을 자극한다. 그래서 많은 곳에서 시각적인 효과를 노린 마케팅이 이루어진다. 음료에서도 시각적 마케팅을 많이 하는데 맛은 노란색 레몬이지만 재료는 블루 리큐어를 쓴 블루 레몬에이드가 사람들에게 널리 알려진 그것이다. 이 음료는 레몬이 노란색이라는 사실을 재밌게 비틀면서, 파란색으로 시각을 자극해 좀 더 시원한 느낌을 준다.

카페 중에서도 시각적 효과에 초점을 맞춰 오픈한 곳이 있다. 일본 오모테산도 역 근처에 위치한 '카페 키츠네'이다. 키츠네는 '메종 드 키츠네'라는 프랑스의 한 의류 브랜드에서 만든 곳이다. 현재 매장이 프랑스에 2곳, 일본에 1곳이 있으며 메종은 집, 키츠네는 여우라는 뜻으로 '여우의 집'이라는 의미를 가졌다. 카페는 일반 가정집을 개조하였는데, 외관 역시 보이는 것에 초점을 맞춰 여우 모양을 본 따 만든 집이라는 것에 의미를 두었다. 디자인을 중요시하는 의류 브랜드의 카페답게 곳곳에 아기자기한 포인트와 전체적인 인테리어의 균형감이 사람들의 시선을 사로잡고 있었다.

카페 입구는 마치 일본의 가정집 정원에 와 있는 듯한 느낌을 주는 식물과 대나무가 조화를 이루고 있어 재미있다는 생각이 들었다. 내부에 들어서자마자 보이는 바는 오픈 바로 구성해 사람들이 커피를 제조하는 모든 과정을 볼 수 있도록 했다. 바리스타의 고유 영역인 바까

대나무로 둘러싸인 공간, 나무 테이블과 의자는 정원 같아서 편안하다.

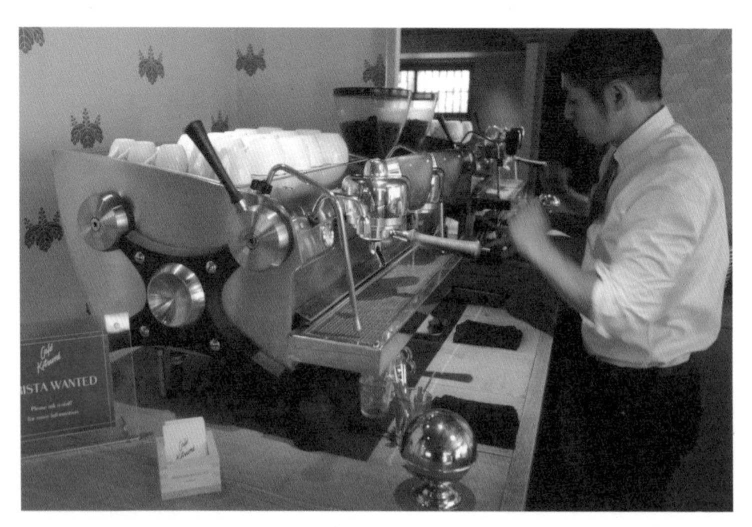

바는 모두 오픈되어 있다. 슬레이어 머신으로 에스프레소를 추출하는 바리스타를 바로 옆에서 지켜볼 수 있다.

지 시각적 요소에 포함한 것이다. 커피를 추출하는 에스프레소 머신도 파리에 있는 매장과는 조금 다르다. 최상위 머신 중 하나로 꼽히는 슬레이어 에스프레소의 2그룹 머신을 사용하는데 커피 장비에 관심이 많지 않더라도 단지 모양만 보고서 '멋있다'라고 생각할 수 있는, 혹은 장비를 잘 아는 사람이 봤을 때는 '오!'하고 한 번쯤 감탄할 수 있을 만한 것이었다. 그렇게 커피 맛에 대한 기대감을 먼저 충족해주고 있었다. 카페 직원과 바리스타는 모두 메종 키츠네의 옷을 입고 있었다. 여러모로 비주얼이 강조되어 있어 '보이는 것에만 신경 쓰는 매장이 아닐까?' 염려할 수도 있지만, 커피를 마셔본다면 이런 편견은 금세 사라질 것이다.

테이블에 앉으니 창을 통해 들어오는 햇빛이 무척이나 반가웠다. 홀로 커피를 즐기러 온 손님들을 위한 바 테이블, 아기자기한 벽지나 액자 등 전반적으로 일본 특유의 가정집 느낌이 물씬 나고 있어 커피도 부담 없이 마실 수 있다는 기분을 주는 듯했다. 키츠네의 커피는 말코닉 바리오 플랫 그라인더를 사용해 묵직함을 베이스로 하여 이 묵직함에 너티함nutty — 땅콩 같은 견과류의 고소한 단맛 — 을 더한 아메리카노와 칼리타 드립 그라인더를 사용해 산미보다 단맛을 강조하는 드립 커피가 있다. 1년 전, 키츠네에 처음 방문하였을 때는 산미 위주의 커피를 제공하고 있었던 것으로 기억하는데 빈이 바뀌면서 전반적인 맛의 뉘앙스가 바뀐 듯하다. 나는 좀 더 극대화된 이 단맛이 굉장히 매력 있다고 생각했다. 이전 산미 위주의 커피는 호불호가 극명했었고, 동행했었던 친구도 맛이 독특해서 신선하긴 했지만 여러 번 마시고 싶지는 않다는 이야기를 한 적이 있었기 때문이다. 맛이 살짝 바뀐 지금은 더 많은 사람이 맛있게 즐길 수 있을 것 같았다.

혼자 온 손님들을 위한 커피 스탠드와 깔끔한 휴지통이 눈에 띈다.

드립 커피는 싱글 빈이나 블렌딩이 된 빈을 드립으로 내려 그 자리에서 바로 주는 것이 일반적이지만, 아이스 드립은 바쁘지 않은 시간에 미리 내려두고 병 안에 대용량으로 저장해두었다가 주문이 들어오는 대로 부어주기도 한다. 관광객이 많은 오모테산도 쪽 카페 중 몇몇은 이런 방식을 택하고 있는 듯했다. 개인적으로는 이런 형태의 커피를 선호하지는 않지만, 분주한 매장 분위기상 어쩔 수 없긴 한 것 같다. 그러나 이론적으로 이런 방식은 나도 그렇고 다른 바리스타나 개인 매장에서는 그다지 잘 선호하지 않는 방식이긴 하다. 시간이 지나면서 커피의 신맛과 쓴맛이 강해지고 향도 많이 날아갈 것이라는 의견이 지배적이기 때문이다. 하지만 아이스 드립 커피의 관건은 '급속 냉각'

키츠네 내부는 벽지, 창문 등을 통해 일본 고택 분위기를 그대로 간직하고 있었다.

이어서 확실히 밀폐하여 급속 냉각으로 보관한다면 오히려 단맛이 잘 올라와 괜찮은 맛을 낼 것이라는 의견도 있다. 그래도 커피를 냉장 보관할 것이라면 더치나 콜드 브루를 선택하는 게 더 나은 방법이지 않을까 한다. 만일 당신이 아이스 드립 커피를 시켰고, 그들이 그냥 커피를 부어준다고 해서 당황할 필요는 없다. 그들은 그들만의 방식으로 당신에게 서비스를 제공하고 있는 것이므로.

오전부터 점심시간까지는 베이커리 류와 커피를 세트로 판매하고 있어 마음이 차분해지는 따뜻한 분위기 속에서 브런치도 즐길 수 있겠다는 생각이 들었다. 사실 키츠네에서는 맛있는 베이커리보다 더 시선을 끄는 것이 있는데, 바로 '키츠네 사이다'이다. 이 사이다는 오직 이 일본 매장에서만 만나볼 수 있으며 파리 지점에서는 판매하지 않는 것으로 알려져 있다. 그래서 카페 마니아들은 희소성 있는 이 사이다를 마시며 소소한 기쁨을 누리기도 한다.

커피를 음미하고 고개를 돌려 매장을 둘러보면 에코백, 모자, 휴대폰 케이스 등 메종 키츠네 제품이 진열된 것을 볼 수 있다. 매장을 오픈했을 때는 이곳을 편집숍 겸 카페로 활용해서 편집숍 개념이 조금 더 있었지만 지금은 카페 공간을 넓힌 상태이다. 입구의 벽 쪽이 꽤 큰데 그 공간을 에코백 몇 개만으로 진열해둔 것이 조금 인상적이었다. 그렇게 기분 좋게 커피를 마시고 이곳을 나서면서 무엇보다 가장 본질적인 '커피'에 소홀히 하지 않은 것에 감탄했다. 그리고 카페의 전경, 바의 구성, 메뉴 구성, 바리스타의 애티튜드까지 모든 것이 깔끔한 느낌과 신뢰를 주고 있어 이곳을 방문하는 손님들은 '메종 드 키츠네'라는 이름을 잊기 힘들 것 같단 생각이 들었다.

한국으로 돌아와 글을 쓰기 위해 한 카페에 가서 커피를 주문한 다음, 습관대로 직원이 커피를 뽑는 모습을 유심히 보고 있었다. 그런데 카페의 주인과는 달리 아르바이트생이 커피엔 관심도 없다는 듯 무심한 태도였다. 커피를 바스켓에 대강 담고, 탬핑tamping도 대충 하고, 커피를 뽑기 위해 머신의 버튼을 누르기가 무섭게 휴대폰을 붙들고 게임을 하는 듯 웃는 모습. 이런 풍경들을 보며, 이곳의 커피는 분명 맛이 없을 거라는 인상을 받았다. 그리고 예상을 빗나가지 않았다. 이름만 들으면 알만한 요즘 꽤 '핫'하다는 카페에서 이해할 수 없는 맛을 지닌 커피를 마셨다. 분명 같은 빈, 같은 그라인더, 같은 양의 일정한 분쇄

단맛이 잘 발현되었던 아이스 드립 커피.

벽 한쪽을 차지한 키츠네의 에코백.

일본 고택 느낌이 나는 창문마저 이 공간을 좋아할 수밖에 없는 이유가 된다.

도, 같은 도징dosing, 같은 탬핑이었을 텐데 만드는 사람의 행동 하나로 나의 입맛을 이상하게 만들어 버렸다.

시각적이라는 것. 커피를 다루는 곳이라면 잘 이해하고 잘 활용해야 함을 다시 한 번 카페 키츠네를 통해 깨닫는다.

추천메뉴

아이스 드립

그때그때 빈에 따라 전체적인 맛의 뉘앙스가 달라지긴 할 것이다. 산미 위주에서 단맛 위주인 빈으로 달라진 지금은 누구나 좋아할 드립 커피일 것이라 생각한다. 깔끔하고 고소한 아이스 드립을 마셔보면 최적의 선택이라고 만족할 커피다.

키츠네 사이다

카페에서 커피를 권하지 않고 사이다를 권한다는 게 조금 웃기는 일이긴 하다. 그러나 이곳을 찾는 이유 중 하나인 사이다를 두고 다른 것에 집중한다는 건 무언가 아쉬운 기분을 떨치기 힘들다. 전 세계에서 유일하게 키츠네 사이다가 있는 곳. 커피도 좋지만 잠시 멈추고 사이다에 집중해보는 건 어떨까?

카페 키츠네

홈페이지	shop.kitsune.fr/stores
주소	3-17-1 Minamiaoyama, Minato-ku, Tokyo
연락처	+ 81-(0)120-667-588
영업시간	09:00~19:00
휴무일	연중무휴

TOKYO CAFE | 9

올 프레스 에스프레소

ALL PRESS ESPRESSO

커피가 우리의 생활환경 그리고 삶에 깃들어 있다는 것은 육체적 한계.

사실 이번 일본 여행은 카페에 대해 글로 정리하고 싶어서 간, 오로지 '카페 투어'가 목적이었기에 여러 카페를 방문하는 것 외에는 별다른 일정을 잡지 않았다. 한 카페의 오너 바리스타로서 그리고 카페의 로스팅을 책임지고 있는 로스터로서, 시간적 여유는 그리 없다. 그런 내가 며칠 동안 밥도 거르며 카페를 다니고, 계속해서 커피를 마시고 있다. 물론 커피를 매우 사랑하기에 커피 마시는 일은 매우 즐겁다. 그러나 짧은 시간에 비해 너무 많은 카페를 다녀서일까? 제대로 된 식사를 하지 않고 케이크와 커피만을 먹어서일까? 나에게 육체적 한계가 온 것 같다는 생각이 들었다. 이렇게 말하는 건 내가 더는 여기저기 걷기 싫었기 때문일지도 모르겠다. '아프다'는 말은 나에게 완벽한 변명거리가 되어 더는 일을 하지 않아도 된다는 것으로 자기 위안을 선물해 주었다. 하루가 다 가기에는 시간이 더 많이 남았지만, 일정을 여기서 이만 마치기로 했다. 무작정 걸어 다녔기에 편히 쉴 수 있는 곳을 찾기로 했다. 웬만해서 다 계획을 세우고 여행을 간 거라 계획에 없던 새로운 공간의 카페를 찾는다는 건 조금 어려웠다. 직전에 간 곳이 어라이즈 커피였기 때문에 시내에서 굉장히 떨어진, 일반 가정집이 즐비한 장소에서 내 몸 하나 쉴만한 곳 찾기가 생각보다 힘들었다. 다리가 아프다고 하면서도 아무 데서나 쉬는 건 싫어하는 성격이라 힘들게 걸음을 옮겨 맘에 드는 장소가 나올 때까지 걷고 또 걷기 시작했다.

그러다 저 멀리 단독주택들 사이에서 유독 빛나는 모습으로 원목 나무의 따뜻한 느낌을 풍기며 서 있는 비대칭 구조 건물이 보였다. 편안한 분위기가 물씬 나는 건물. 그 따뜻한 모습만으로 어서 들어가고 싶은 마음이 샘솟았다. '올 프레스 에스프레소'라는 이름부터 마음에 든다. 외관 역시 여긴 보통 건물이 아니라는 인상을 주고 있어 웃음이 절로 나고 기대가 점점 차올랐다. 커피를 내리는 바리스타는 외국인이었고, 주문은 주로 일본인 바리스타가 받는 것 같았다. 외국인이지만 일본어를 유창하게 해서 소통에는 거리낌이 없어 보였다. 이곳은 일본인에게 일본인들을 위한 메뉴판을 주고, 외국인에게는 영어로 된 메뉴판을 보여주며 커피에 대한 설명도 유창하게 한다. 바리스타의 몸이 바 밖으로 기울어질 정도로.

이곳은 공간 자체가 독특했다. 그냥 통으로 매우 큰 건물 형태인데 공간의 1/3이 카페이고 나머지 2/3는 로스팅룸 겸 사무실이었다. 로스팅룸 안쪽으로는 벽면을 이용한 복층 구조의 좁은 공간을 또 만들어서 커피 맛을 자체적으로 테스트해보는 공간을 두고 있었다. 보통의 가게들이라면 좌석 수를 늘리고 다른 공간을 줄이기 마련이지만, 이곳은 반대여서 뭔가 조금 다른 것 같아 얼른 검색해보았다. 올 프레스 에스프레소 바. 다름 아닌 호주에서 유명한 커피 로스터리 가게의 2호점이었다 — 뉴질랜드, 호주에도 지점이 있고 아시아에서는 처음으로 일본에 진출한 곳이다 — . 몸이 지쳐 들어온 곳에서 다시 글을 쓰기 시작하는 이 애매한 상황이 싫으면서도 좋은 느낌이다.

올 프레스 에스프레소에서는 코니컬, 플랫버 두 가지 그라인더를 사용해 각기 다른 커피 맛을 손님들에게 선택할 수 있게 했다. 이런 방식은 이제 보편적으로 자리 잡은 것 같았다. 여기서는 에티오피아, 케냐처럼 블렌딩 되지 않은 한 나라의 빈 즉, 단일품종의 빈들을 벽에 두고 있었다. 그리고 디스펜서를 활용해 필요한 만큼 빼서 쓰거나 손님이 사겠다고 하면 바로 빼서 포장해준다. 그날그날 어떤 빈이 있는지

공간 대부분은 로스팅 룸 및 사무실이 차지하고 있었다. 유리 창으로 되어 있어 내부 상황을 서로 확인할 수 있다.

빈을 담는 디스펜서가 벽에 부착되어 있다. 빈을 사거나 드립할 때 이곳에서 빈을 빼낸다.

이름표도 붙어 있어 정돈되면서도 훌륭한 느낌을 주고 있었다.

앞에도 언급했지만 공간 활용이 남다르다. 한국에서는 여러 가지 '규제'로 엄두도 못 낼 사무실과 로스팅룸의 결합. 이질적일 것 같지만 그렇지 않고 참 잘 어우러진다고 생각했다. 로스팅룸 겸 사무실 안쪽의 복층으로 올라가면 바로 로스팅한 새로운 빈을 테스트하고 직접 맛을 보며 서로 의견을 나누기도 한다. 그렇게 시음한 것을 카페 매장에서 바로 적용할 수 있다는 장점이 내 마음에 쏙 들었다.

마음 편하게 쉬고 싶어서 간 곳이라 그냥 바리스타와 이런저런 이야

'로링' 로스터기와 그 옆에서 작업하는 직원.

기를 나누어 보고 싶었다. 커피를 내려주었던 외국인 바리스타에게 물었다.

— 블루보틀, 푸글렌, 올 프레스 에스프레소 같은 외국계 기업이 아시아 시장 중에서도 왜 유독 일본에 진출한 걸까요?

물론 우리나라에도 스텀타운이 진출해 있긴 하지만 이렇게 일본에 다국적 카페들 — 블루보틀 : 미국, 푸글렌 : 노르웨이, 올 프레스 에스프레소 : 뉴질랜드 — 이 들어오는 이유는 무엇인지 한번 직접 그들을 만나게 된다면 꼭 물어보고 싶었던 것이다. 그 직원의 대답은 간결하지만

안에는 이 테이블이 전부였다. 그래서 손님들은 테이블을 공유하며 함께 앉기도 한다.

묵직했다. 마치 당연하다는 것을 물어본다는 듯 내 말이 끝나자마자,

— 생활환경과 삶 때문이에요.

라고 하는 것이다. 이 말은 커피가 얼마나 생활 안에 자리 잡고 있으며, 삶 안에 얼마나 자연스럽게 들어와 있는가에 대한 말이기도 했다.

굳이 커피의 역사를 짚고 넘어가자면 일본에서는 1700년경 네덜란드와의 교역을 시작으로 커피를 들여와 마시기 시작했고, 벌써 300년이 넘어가고 있다. 우리나라의 고종황제가 들여온 것보다 200년이나 앞

서있는 것이 사실이어서 커피가 삶으로 번지는 속도는 한국이 따라가기가 아직은 힘들다는 것에 어느 정도는 동의했다. 그러나 그들의 이야기로는 한국 시장 또한 매력적이라고 했다. 커피를 소비하는 속도가 현재 가장 빠르게 늘어가고 있고, 이에 맞게 커피에 관심 있는 사람들도 많아지고 있으며, 월드 바리스타 챔피언십에서 한국 선수들의 위상이 높아지면서 점점 한국 시장을 주목하게 된다는 것이다. COE*를 비롯한 각종 스페셜티 커피 시장에서 한국의 점유율 또한 높아지고 있어 곧 한국에서도 이러한 국제적 커피 기업을 만날 수 있지 않을까 생각한다고 했다. 이 이야기를 들으면서 기쁨과 걱정이 동시에 들었던 것이 사실이다.

아직은 한국 시장에서는 커피가 삶의 일부라고 자신 있게 말하기엔 모호한 부분이 있는 것 같다. 여전히 카페는 무분별하게 늘어가고, 대기업의 프랜차이즈 카페 진출이 다른 나라처럼 소규모 매장을 배려한 것이 아니라 소규모 카페들만의 고유한 부분까지 조금씩 침투하는 것이어서 정직과 신념을 가지고 커피를 제공하는 사람들이 위기를 맞는 모습을 많이 보아왔기 때문이다. 이런 와중에 다국적 기업이 한국에 온다면 소비자들에게는 경험하지 못하는 커피를 맛본다는 다양성은 있겠지만, 소박하게 생활해가는 종사자들은 그들이 설 자리와 기회조차 잃어버릴 수도 있겠다 싶었다.

---

* COE

Cup of Excellence의 줄임말로 각국에서 수확된 빈 중 87점 이상의 높은 점수를 획득한 빈을 뜻한다.

올 프레스의 카푸치노는 깔끔한 잔에 별다른 모양 없이 거품을 가득 올린 형태다.

현재 우리나라의 카페 시장은 일종의 '격동기' 같단 생각이 든다. 새로운 것들이 자리를 잡고 좋지 못한 것들이 떠나는 시기. 조금 더 시간이 지나 다양한 커피들이 들어오면서 커피가 정말 우리 삶의 일부가 된 모습이 자연스럽게 느껴지고, 사람들이 자신만의 입맛에 따라 맞는 커피를 선택하게 된다면 어떨지 상상해보았다. 무분별한 카페들은 사라지고 커피만을 위해 정직하게 구슬땀을 흘리는 곳들이 인정받는 시기. 나는 그런 날이 반드시 올 것이라고 믿고 있다. 그때쯤이면 내가 이번에 만난 올 프레스 에스프레소뿐만 아니라 수많은 다국적 커피 브랜드가 한국 시장에 들어와 서로를 존중하며 즐겁게 커피를 즐길 수 있게 되지 않을까?

추천메뉴

플랫화이트

호주식 라떼라고 불리는 플랫화이트는 한국에서도 맛볼 수 있는 곳이 늘어나고 있는 커피다. 이 카페에서 마신 플랫화이트는 도쿄에서 마신 플랫화이트 중 가장 묵직하면서도 신맛과 단맛, 쓴맛의 조화가 뛰어나 기억에 남는다.

카푸치노

음료 위에 시나몬 파우더나 초콜릿 파우더는 올리지 않고, 단지 우유 거품과 에스프레소만으로 그 초콜릿티한 맛을 낸다. 이 맛과 풍부한 거품이 부드러움을 자아내 입맛을 자극한다.

올 프레스 에스프레소

홈페이지	jp.allpressespresso.com/ja
주소	3-7-2 Hirano, Koto-Ku, Tokyo
연락처	+81-(0)3-5875-9392
영업시간	월~금요일 08:00~17:00 토~일요일, 공휴일 09:00~18:00
휴무일	연중무휴

HONG KONG CAFE

홍콩 카페

싱글 오리진 커피 바	SINGLE ORIGINE COFFEE BAR
커핑 룸	THE CUPPING ROOM
브루 브로스	BREW BROS
넉 박스	KNOCK BOX
18 GRAMS	18 GRAMS
더 커피 아카데믹스	THE COFFEE ACADEMICS
로프텐	LOF 10
카페 데드엔드	CAFE DEADEND
N1 Coffee & Co.	N1 Coffee & Co.

HONG KONG CAFE | 1

싱글 오리진 커피 바

SINGLE ORIGINE COFFEE BAR

단골 손님도 자부심을 느끼는 동네 카페

홍콩 여행을 계획하고 준비할 때부터 홍콩 날씨는 약간 후덥지근하다는 것을 익히 알고 있었지만, 역시 글로 보는 것과 현실에서 느끼는 것은 천지 차이였다. 길을 걷고 있는 내 몸에서 흐르는 땀이 이제 홍콩 여행의 시작을 알려주는 신호 같았다. 굳이 의도한 것은 아니지만, 그동안 몇몇 나라를 여행하면서 짠 계획은 약간 역방향 코스였던 적이 유독 많았다. 유럽 여행도 나는 터키가 시작, 아웃이 영국이어서 여행 중 오며 가며 만날 법한 한국인도 보지 못하고 홀로 다니는 경우가 일쑤였으니까. 이번에도 남들이 다 같이 들어오는 홍콩이 아니라 홍콩 공항에서 바로 페리를 타고 마카오로 들어가는 일정이었다. 역시 몇몇 커플을 제외하고는 한국 사람을 거의 볼 수 없었다. 이번 여행 내내 왠지 한국 사람을 더욱 만나지 못하리란 막연한 생각을 하며 마카오를 둘러보기 시작했다. 마카오 하면 누구나 떠올리는, 그 어느 나라보다도 화려하게 움직이는 불빛과 분주함이 가득한 밤 그리고 수많은 쇼핑몰과 카지노에서 들리는 시끄럽고 번잡한 소리들, 인생 역전을 위한 팡파르처럼 들리며 밤 거리를 구경했다.

나는 이곳 마카오에서 단 한 군데만 가면 되기 때문에 하루면 족하다는 생각에 그리 오래 머무르지 않을 계획이었다. 마카오로 향한 나의 목표는 오로지 하나였다. 이름 모를 사진 1장만으로도 충분히 매력적이었던 카페, 바로 '싱글 오리진 커피 바'이다. 이곳에 오기 전, 어느 블로그에서 따뜻한 느낌이 든 사진 한 장을 보았다. 사진만 게시되어 있었을 뿐, 다른 정보는 없었다. 그렇게 나는 카페의 주소도, 이름도 제대로 모른 채 무작정 가보고 싶다는 생각만 들어, 그 블로그에서 복사한 카페 사진만을 가지고 마카오에 온 것이다. 인터넷으로 접하기도 힘들고 길을 찾기도 너무나도 힘들었으며 걷다가 지쳐 몸은 땀으

계산대 옆 작은 공간에 빈을 진열해두고 빈에 관한 설명과 홍보를 하고 있다.

작지만 따뜻함이 느껴지는 공간.

로 젖었지만 그래도 맛있는 커피를 마시고 싶다는 목표를 위해 1시간 반이라는 시간을 소요해 카페를 찾아갔다.

카페 주변을 세 바퀴나 돌고서야 겨우 싱글 오리진 커피를 찾을 수 있었다. 그곳을 바라보니 입구에 있는 간판이 유난히도 눈에 띄었지만, 막상 큰 도로가 있는 반대편에서는 제대로 눈에 띄지 않아 내가 헤매고 있었던 것 같았다. 쉽게 자신을 드러내기보다는 힘들게도 돌고 돌아 사람들을 이곳으로 들어올 수 있도록 허락하고 있는 듯한 느낌이었다. 물론 지금은 카페 이름을 알고 있으므로 인터넷 검색이나 지도로 잘 찾을 수 있긴 하지만 이때 사진 한 장만으로 목적지를 찾는다는 것은 웬만해서 어려운 일이 아닐 수 없었다.

그렇게 힘들게 들어섰는데 1층 좌석이 모두 사람들로 가득 차있어 순간 당황해하고 있었을 때

— 위층에 자리가 있으니 올라갈래요?

라고 직원이 친절히 나에게 물어보았다. 위층에도 자리가 있어 헛걸음하고 돌아가지 않아도 된다는 안도감에 기분 좋게 대답하려는 순간, 한 테이블에서 마침 일어나며 여기 앉으라고 말해주었다. 그러면서 그 일어나던 손님이 나를 향해 말을 걸었다.

— 마카오에는 여행을 온 건가요? 이곳은 정말 커피가 맛있는 카페니 절대 후회하지 않을 거예요.

원두를 갈면 나오는 커피 가루를 담는 포터 필터. 이것을 줄로 연결해 문이 자동으로 닫히도록 해서 위트 있어 보였다.

라고 이야기하며 내 대답은 듣지도 않고 쿨-하게 나갔다. 그 나가는 뒷모습에 대고 고맙다고 살짝 외치면서 웃는 미소로 자부심 있게 응대하는 직원이 무척이나 자연스럽고 활기차 보였다.

카페 오너 바리스타인 나로서는 저렇게 말해주는 손님의 모습이 일상적인 풍경으로 자리 잡은 이 카페가 왠지 부러우면서도 맛있는 커피에 대한 어떤 떨림을 갖게 했다. 그렇게 한 자리 얻어 아주 작은 테이블에 자리를 잡았다. 먼저 들어온 유럽인 부부가 주문하고 직원이 그들을 응대하는 동안 나는 조용히 위층으로 향했다. 1층이 좀 작은 공간이어서 2층 또한 공간이 갑갑할 거라 생각했지만, 예상보다 아주 넓

2층에 놓인 1그룹 에스프레소 머신은 장식용으로 자리 잡고 있었다.

었다. 1층에서의 정돈된 단정하고 조용한 느낌이 2층에서도 유지되고 있는 것도 인상적이었다. 그렇게 구경을 하고 내려오는 계단에서 바리스타가 라떼 아트를 시작하는 것도 보였다. 잔잔한 분위기 속에 나는 칙칙- 소리. 너무나 익숙한 소리여서 그런지 바리스타의 비밀 공간을 엿보는 기분이었다.

다시 자리에 앉아 수제 케이크와 롱 블랙, 카푸치노를 주문했다. 고소하고 부드럽게 넘어가는 롱 블랙은 편안한 느낌을 주었다. 카푸치노 역시 만족스러웠는데 강렬한 단맛과 부드러운 거품으로 왜 이곳이 그렇게 사람들에게 사랑받는 카페인지 알 수 있게 해줄 만큼 정말 맛있었다. 겨우 한 번에 1잔밖에 커피를 뽑을 수 없는 아주 작은 머신을 쓰고 있었다. 라마르조꼬의 gs3 머신은 작아도 압력 조절과 온도 변환이 가능해 에스프레소에 더욱 집중할 수 있는 머신이다. 그리고 빈은 여러 명의 젊은 사장님들이 모여 운영하는 카페인만큼 서로가 함께 구매하여 로스팅해서 사용하는 것이라고 한다.

시간이 지나고 조금 한가해진 틈을 타 직원에게 말을 걸었다. 내가 누구인지 어떤 일을 하고 있는지, 그리고 홍콩에는 여러 카페를 다니고 커피를 마셔보기 위해 왔다는 것을 알렸다. 이곳의 커피 역시 정말 맛있었다고 말하자 굉장히 자부심에 찬 목소리로 대답했다.

— 여기 오는 많은 사람이 이곳의 단골이지만, 저도 이 카페의 열렬한 팬이예요.
— 정말 가게에 대한 애정이 넘치시는군요. 자부심이 뛰어난 직원을 두었으니 여기 사장님은 좋으실 것 같아요.
— 저도 처음엔 이 카페의 단골손님이었어요. 이곳이 너무 좋아 사장님께 몇 번이고 부탁하고 부탁해서 직원이 된 거예요.

옆에서 조용히 귀를 기울이며 듣고 있던 손님도 맞장구를 치며, 마카오에 이보다 좋은 카페는 없다며, 나더러 당신이 카페 투어를 다니고 있는 것이라면 최상의 선택이었다고 말해주었다.

직원은 카페에서 일하는 자부심으로 가득하고 손님은 단골이 대부분인데 모두들 즐거운 마음으로 이곳을 방문하고 있다. 이번 여행을 다니며 들렀던 카페 중 가장 커피에 집중하고 있고 커피를 주가 되는

벽에 무심하게 걸어둔 이곳만의 소품들이 빼곡히 있었다.

'카페'라는 느낌이 가장 한국과 비슷하다고 느껴졌다. 직원들이 손님과 두런두런 이야기하고 커피에 대해 확고한 신념을 보이고 또한, 가게를 사랑하는 모습이 마치 처음 카페를 열었을 때 내 모습을 되돌아보게 했다. 이곳은 나에게 그런 느낌이었다.

이 작은 가게를, 마카오 카페 중 최고라는 말을 들을 정도로 바리스타들이 노력해왔다는 것. 그것에 대한 자부심을 놓지 않고 있다는 것. 싱글 오리진 커피의 지금까지 행보로 미루어보았을 때, 앞으로 이들이 더욱 기대되는 이유를 굳이 묻지 않아도 알 것만 같았다. 인사를 하고 나오면서 나도 모르게 조용히 중얼거리게 되었다.

— 아! 이곳 일정을 하루만이라도 더 잡았으면 얼마나 좋았을까?

이 카페를 다녀온 사람들이라면 다들 마카오 일정을 짧게 잡은 것을 후회하게 될 거다. 단 하루만으로 이곳의 모든 매력을 다 알 수는 없을 테니까.

Sun Yat Sen Park

Gongbei Port

추천메뉴

카푸치노

우유 특유의 부드러운 벨벳 거품 사이로 진한 에스프레소를 느낄 수 있다. 우유와 에스프레소가 섞여서 느껴지는 강한 단맛이 일품이다.

녹차쉬폰케이크

케이크는 카페에서 직접 만들어 더 희소가치가 있다. 이마저도 빠르게 판매되어 저녁이 되면 쉽게 먹지 못한다. 가격대가 약간 있지만, 그만큼의 맛이 있으니 전혀 아깝다는 생각이 들지 않는다.

Macau

Guia Hill Municipal Park

싱글 오리진 커피 바

Monte Fort

Saint Dominic's Church

Senado Square

홈페이지	www.facebook.com/singleorigincoffee
주소	Rua de Abreu Nunes 19, Macau
연락처	+853-6698-7475
영업시간	12:00~20:00
휴무일	SNS로 공지

HONG KONG CAFE | 2

커핑 룸

THE CUPPING ROOM

홍콩 바리스타 챔피언의 커피를 맛볼 수 있는 곳

'우리나라에 가장 많이 알려진 홍콩 카페는 아마도 이곳이 아닐까?', '그래서 여기를 소개하는 게 유의미한 걸까?'를 수없이 반복 질문하며 향했던 카페가 바로 커핑 룸이다. 그래도 내가 소개하려는 카페들은 믿고 갈 만하다고 생각하는데 홍콩에서 이곳이 너무 유명하다는 이유로 빠지는 것은 '앙꼬 없는 찐빵'과 같달까. 100%가 채워지지 않는 것만 같았다. 이곳을 들어보지 못한, 혹시 모를 독자를 위해 결국 소개하기로 하고 이곳을 향해 걸었다.

'커핑 룸'. 홍콩에서 가장 유명한, 아니 바리스타 세계에서 따지자면 전 세계적으로 이름을 떨치고 있는 오너 바리스타 'Kapo Chiu'가 일하는 곳이다. 그는 2012, 2013년도 홍콩 바리스타 챔피언십의 우승자이자 2014년 월드 바리스타 챔피언십 준우승자이며 이곳 커핑 룸은 거의 매년 월드 바리스타 챔피언십에 파이널리스트를 양성하고 배출한다. 인정받은 바리스타가 있는 카페이니 당연히 믿고 마실 수 있을 거라는 기대감에 빨라지는 내 발걸음을 주체할 수가 없었다.

도착과 동시에 첫눈에도 '아! 내가 외국을 나왔구나!'라고 느끼게 해 줄 만큼 홍콩 현지인보다 외국인의 사랑을 많이 받는 카페라는 것이 느껴졌다. 손님의 비율이 다른 카페에 비해 유독 비 아시아권 사람이 많았고, 내가 카페에 들어가는 것조차 쉽게 허용되지 않았다. 이 말이 약간 이상하게 들릴 텐데, 점심시간에 들리면 이미 예약이 다 차버리는 카페라는 뜻이다. 사실 오늘로 3번째 방문하는 건데 그때마다 나를 위한 좌석은 없었다. 그래도 이번엔 그냥 돌아갈 수 없어 창가에 있는 바 테이블에 자리를 잡고 앉았다. 그리고 메뉴판을 넘기는 순간, 당혹감에 사로잡혔다. 브런치와 아침 메뉴가 앞 장 메인에 있는 것이다. 사

예약된 좌석들과 바 전경.

람들 역시 이 메뉴를 주로 주문하는 것 같았다. 커피 메뉴는 가장 마지막 장에 달랑 한 페이지로만 할애되어 적혀 있었다. 여기가 그래도 홍콩에서 이름난 카페가 아니던가? 그런데 이렇게 커피가 소홀히 대해지는 카페라니! 황당한 마음을 감출 수 없어 직원을 불러 물어보았다.

— 실례지만, 뭐 하나만 물어봐도 될까요?
— 물론이죠.
— 내가 알기로는 여기가 홍콩에서 가장 맛있는 커피를 마실 수 있는 유명한 카페라고 들었는데, 커피는 메뉴판 제일 마지막 장에

홍콩 현지인보다 외국인 손님들이 더 많았다.

있더라고요. 메인에서 동떨어진 것 같은 느낌이 드는데 왜 그런 거죠?

직원은 살며시 웃으며 나의 말이 맞는다는 듯한 눈길로,

— 혹시 당신 어디서 왔어요?

라고 묻는다. 한국이라고 대답하니 잘 알고 있다는 듯이 나도 많은 한국 친구들이 있다며, 그들은 서울에서, 대구에서, 부산에서 일하고 있다고 했다. 그러고 나서 그는 자연스럽게 말을 이어나갔다.

메뉴판에는 원두 목록을 적어서 원두도 살 수 있게 하고 드립으로도 주문할 수 있게 했다.

— 우선 우리 카페를 그렇게 좋게 생각해 줘서 고마워요. 그리고 손님 말이 정확히 맞습니다. 우리 가게는 홍콩에서 가장 유명하고 가장 맛있는 커피를 마실 수 있는 카페예요. 하지만, 홍콩이라는 나라의 문화는 한국과 조금 달라요. 식사는 한 끼도 집에서 만들어 먹지 않아서 우리는 사람들을 위한 식사를 준비해야 해요. 보통 간편하게 카페에서 식사를 해결하는 걸 원하거든요. 그리고 식사에 가장 잘 어울리는 커피 음료들로 사람들을 만족하게 하고 있어요. 우리 카페는 커피 자체만으로도 맛있지만, 손님께서도 한번 식사와 함께 커피를 즐겨보는 건 어떠세요? 홍콩 스타일로요!

점심을 먹어 배가 불렀는데도 너무 궁금해 간식으로 시킨 breakfast와 아이스 아메리카노.

그의 말을 듣고 나니 홍콩 카페를 탐방하겠다고 마음먹고 온 내가 카페에 대해 준비만 하고 정작 그들의 문화는 제대로 이해하지 못하고 있었던 것에 부끄러워졌다. 그리고 바쁜 와중에 이런 사소한 질문에도 친절하게 설명한 직원에게 고마운 마음이 들었다.

그제야 천천히 이곳 커핑 룸을 차근차근 바라볼 수 있었다. 그루브한 음악과 라운지 음악이 번갈아 나오며 분위기를 주도해간다. 조용하고 차분한 음악을 선호하는 나에게도 이곳의 분위기와 음악의 조화가 그렇게 이질감이 느껴지지 않았다. 노래가 너무 이곳 분위기와 잘 어울려서일지, 이곳 메뉴판에 대한 궁금증이 풀려서일지 홀가분한 마음으로 내 몸마저 들썩들썩했다. 이 자리는 마치 홍콩의 어딘가라는 느낌보다 분위기 좋은 유럽을 연상케 했다. 비 아시아권 사람들과 홍콩 사람들 몇몇이 있는 공간. 그리고 보통 창가 자리는 예약석이 아닌 경우가 많아서 처음 찾아오거나 예약을 못한 사람들이 짧은 시간 잠시 들러 브런치를 먹고 간단히 커피 한 잔 마시기에 좋다.

주문한 커피와 브런치가 나왔다. 사실 이 날 카페에 들리기 전에 점심을 먹었지만, 직원의 추천도 있었고 여기저기 보이던 브런치를 눈으로만 보기엔 그 맛이 너무 궁금해 언제 점심을 먹었냐는 듯 자연스럽게 브런치를 시키게 됐다. 커피는 하우스 블렌딩 에스프레소와 아이스 아메리카노를 마셨는데 다소 짜낸 듯한 느낌의 에스프레소는 고소함과 다크 초콜릿 맛이 강했고, 아이스 아메리카노는 화사함으로 시작해서 묵직한 다크 초콜릿 맛으로 끝나는 것이 특징이었다. 아메리카노는 얼음이 녹아도 맛이 끝까지 깔끔하게 유지되고 있는 점이 인상적이었다. 커피와 브런치를 함께 먹었을 때, 보통 브런치의 맛이 강한데 여기서는 커피가 힘을 잃지 않고 균형이 잘 잡혀 있었다. 커피 고유의 맛을 잘 나타낸다고 생각했다.

커핑 룸의 특이한 점은 다른 카페들보다 영업 마감 시간이 빠르다는 것이었다. 마감 이후에는 각종 모임이나 클래스 운영으로 장소를 활용한다고 했다. 참고로 다음에 소개할 카페 브루 브로스Brew Bros와 커핑 룸은 맥도날드 건물을 사이에 두고 양쪽 골목길에 있어서, 커핑 룸이 문을 일찍 닫아 발걸음을 돌려야 한다면 브루 브로스를 들러보는 것도 좋다. 아니면 같은 날 두 곳을 다 가보는 일정을 짜도 좋을 것이다. 나는 이 두 카페에 대한 기대가 커서 아예 근처에 숙소를 이용했었

역시 홍콩 바리스타 대회의 주역답게 각종 대회에서 수상한 흔적들이 가게 곳곳에 보인다.

바 안에는 외국인과 홍콩 사람들이 함께 어우러져 일하고 있다. 웃음이 끊이지 않는 것이 인상적이었다.

고, 그러다 생각지도 못하게 또 데드엔드 — 브루 브로스와 데드엔드는 뒤에서 소개한다 — 라는 좋은 카페를 알게 되었었다.

짧은 홍콩 여행 동안 3번이나 들린 커핑 룸. 귀찮은 걸 싫어하는 성격이어서 그때그때 예약을 하지 못한 탓도 있고 카페 자체가 인기가 많아 항상 내 자리는 창가 쪽이었다. 그래도 올 때마다 만족스러웠으니 자리가 무슨 상관일까. 예약하는 것이 불편하게 느껴지고, 혹은 긴 대기 시간에 지쳐 다른 곳으로 발걸음이 옮겨질 가능성도 좀 있을 것 같은 카페라는 생각이 들지만, 홍콩에서 실패 없는 커피를 마시고 싶다면 이곳은 꼭 들러야 할 것이다.

추천메뉴

플랫화이트

하우스 블렌드를 사용하여 내린 진하고 짜낸 듯한 에스프레소는 우유와 만나면서 진한 다크 초콜릿 향이 느껴져 일반 라떼보다 더 꽉 찬 풍미가 있다. 다른 곳에 비해 훨씬 더 진하고 초콜릿티한 라떼로, 커핑 룸의 대표 메뉴이다.

연어 에그 베네딕트

부드러운 빵 위에 올라간 연어와 달걀 그리고 과일이 잘 어우러지며 조금은 느끼할 수 있는 조합의 재료들을 과일로 잘 잡아주어 한 끼를 맛있게 즐길 수 있다.

Sun Yat-sen Memorial Park

Sai Ying Pun Station

Sheung Wan Station

International Finance Center

커핑 룸

Central Station

홈페이지	www.facebook.com/CuppingRoomHK
주소	shop LG/F, 299 Queen's Road Central, Sheung Wan, Hongkong
연락처	+852-2799-3398
영업시간	월~금요일 08:00~17:00 토~일요일 09:00~18:00

Victoria Park

HONG KONG CAFE | 3

브루 브로스

BREW BROS

홍콩에서 만나는 지구 반대편의 호주 커피

평소에 관심을 두고 있었던 '커피'를 결국 업으로 삼고 카페를 열겠다고 마음먹자마자 내가 생각한 가장 중심 요소는 바로 재료의 중요성이었다. '카페로 돈을 벌면 얼마나 벌겠는가? 내가 좋아하는 일을 하는 건데, 내 카페가 잘 된다는 건 이미지가 좋기 때문 아니겠는가?'하는 생각이 들었다. 이미지가 좋아지려면 맛이 좋아야 한다. 커피든 다른 음료든, 뭐든 재료로 경쟁한다. 당연히 그중 메인은 커피이니 좋은 재료인 좋은 생두로 좋은 원두를 만들어 내겠다는 의욕이 넘쳤었다. 지난날 나는 좋은 생두를 사서 그것들을 수없이 버려가며 로스팅 연습을 했었다. 내 마음에 쏙 드는 커피 맛이 나올 때까지 다시, 또다시 로스팅했다. 그렇게 시간이 지나 어느 정도 프로파일이 잡히면 그것을 토대로 로스팅을 하곤 했다. 당시에는 이렇게 하는 것이 내가 할 수 있는 최선이라 생각했다. 그러나 홍콩에 오고 이 카페를 보면서 조금은 다른 방법을 취했어도 좋았겠다고 생각했다. '후회'까지는 아니지만 발상을 다르게 하게 된 계기, 이 카페는 바로 홍콩에서 입소문을 타며 새롭게 떠오르고 있는 '브루 브로스'이다.

카페 주인과 이야기를 나눴는데 그는 호주 여행을 하다가 입맛에 딱 맞는 커피를 발견했다고 했다. 그래서 본인이 빈을 로스팅해서 맛을 찾아낸다기보다 그냥 자신이 좋아하는 커피를 공수받아 쓰는 것을 택했다고 말했다. 이 카페에서는 매주 금요일 호주의 마켓레인 카페에게 항공으로 빈을 배송받는다. 그래서 카페 주인은 자신이 해야 할 일에 더욱더 잘 집중할 수 있었다고 이야기해주었다. 나처럼 맛을 찾기 위해 겪는 여러 스트레스를 과감하게 배제하고 처음부터 자신이 손님에게 호감을 잘 살 수 있는 것이 무엇인지를 먼저 파악하고 집중한 것이다. 이런 뒷이야기를 듣고 나서 그런지는 몰라도 이곳 점심 메뉴는 주

심플한 오픈 바와 입구가 통으로 쭉 뚫려 있다.

인이 특별히 더 신경을 많이 쓴 느낌이 났다. 내 느낌이 기분 탓만은 아닌 것이, 카페 주변에서도 줄을 서서 점심을 먹으려고 할 만큼 인기가 있었다. 맛과 비주얼이 모두 좋아 바쁜 점심시간에 한줄기 작은 행복을 느낄 수 있을 것 같았다. 그뿐만 아니라 음식은 모두 오픈된 바에서 만들고 있어 이 모습을 옆에서 지켜보는 것만으로도 즐겁고 나아가 신뢰감까지 심어주고 있다. 커피를 파는 카페지만 홍콩 문화 특성상 이곳 역시 브런치와 각종 사이드 메뉴에 더 집중된 것 같았다. 이를 잘 반영하듯, 커피 파트는 직원 단 1명이 담당하고 있었고, 음식 파트 직원은 3명 정도 되는 인원이 항상 대기하고 있는 모습을 볼 수 있다.

드립 커피를 주문하면 이처럼 서버에 담겨 잔과 따로 제공된다.

그렇다고 해서 커피를 대강 대강하는 카페도 아니었다. 맛이 좋다는 소문이 소문에서 끝나지 않았다. 사실 이 카페는 나중에 한 번 더 가게 됐는데 처음 간 날 빈을 사려고 했지만 금요일에 와서 주문하는 것이 좋다며 다시 올 것을 권유받았기 때문이다. 비행기 시간이 간당간당해서 겨우 맞출 정도로 성급히 움직여야 하긴 했지만. 어쨌든 첫날에는 드립 커피를 마셨고, 두 번째 왔을 때는 아이스 아메리카노와 롱블랙을 선택해서 마셨다. 물론 이 가게에서 최고로 인기가 있다는 런치 메뉴도 함께 먹었다. 드립 커피는 그 원액이 서버에 따로 130mL가 제공되고, 잔 역시 따로 나온다. 또 홍콩에서 느끼는 호주 커피라는 사실이 이색적이었다. 외국 속의 또 다른 외국 같은 느낌. 호주에 가지 않아도 이 카페에서만 느낄 수 있는 독특한 경험이었다. 아이스 아메리카노 역시 굉장히 맛있었다. 모나지 않고 균형 잡힌 좋은 맛, 그러면서도 단맛이 넘실대는 것이 누가 마셔도 맛있을 것 같은 평균 이상의 맛이었다. 반면 롱 블랙은 개인적으로 약간 아쉬웠다. 시간이 지날수록 너티한 맛이 잘 올라오는 편이지만, 먼저 한 모금 마셨을 때 그 첫맛에서 내 기호와는 아주 들어맞지는 않았다. 그러나 커피를 좋아하는 내 지인에게는 굉장히 맛있는 맛이었으니 결국 사람의 입맛이란 각양각색이라는 것을 롱 블랙을 마시며 다시 한 번 느꼈다.

아! 그리고 빼놓을 수 없는 부분이 있는데 바로 직원들의 세심한 배려다. 으레 영업하는 가게들의 기본적인 서비스도 그렇고 손님의 동선에 따라 확인하는 것이었다. 런치 메뉴는 주문 시 쉐어할 것인지 — 나는 지인과 동행했으므로 — 혼자 먹을 것인지를 물어보고 그에 맞는 세팅을 해주는 것, 휴대전화를 꺼내 만지작거리고 있으면 어느새 다가와서 와이파이 비밀번호가 필요한지 그리고 필요하다면 비밀번호는 무엇인지 알려주었다. 메뉴가 나오고 나서는 커피 맛이 어떠했는지, 혹시 더 필요한 건 없는지 등을 확인하고 조치를 취해주는 그런 배려였다. 사소하지만 손님들은 작은 것도 챙겨 받는 느낌이 들 것이다. 하지만, 이런 배려 문화가 다른 접점에서 물려 우리를 당황하게 하기도 했었다. 다름 아닌 테이블을 치우는 문화이다. 커피를 마시고 지인과 이야기를 나누며 시간을 보내고 있는 나에게 직원이 다가와서는 다 마신 커피 잔을 그대로 쓱 가져가 버리는 것이었다. 식당에서 접시를 조금씩 치워주는 건 익숙한 풍경이었는데 이렇게 잔을 치우는 카페도 있었나 싶었다. 순간 자리를 비워달라는 의미인 건지, 테이블이 불편할까 봐 치워주는 것인지 조금 헷갈렸었다. 나처럼 굳이 이렇게 고민하지 않고,

독특한 드립 포트를 쓰고 있었다. 드립을 내리는 직원이 머신과 모든 음료 파트를 담당하고 있었다.

직원에게 잔을 치우지 말아 달라며 말하거나, 치운다고 해도 그냥 원래부터 그런 곳이라 생각하며 계속 이야기를 나누면 될 것 같다.

브루 브로스에 갔을 때 가장 인상 깊었던 부분은 입구 부분에 있는 테이블이었다. 정말이지 입구에 있는 테이블은 손님을 위해 그리고 작은 가게에 더욱 많은 자리 확보하기에 최상이었다. 그래서 카페에 혼자 방문해 커피를 즐기기에도 좋고, 여러 명이 와도 좋은 그런 구조로 되어 있었다. 가게 내부에는 화장실이 있어 손님들이 조금 더 배려를 받는 느낌이 들었다. 다는 아니지만 홍콩 카페는 보통 화장실이 내부에 없기 때문이다.

가게도 작을뿐더러 손님들이 많이 찾는 카페라서 그런지 어느 시간이나 만석이었다. 이에 맞게 착석하는 것도 융통성이 있었다. 자리가 없는 상황에서 다른 손님이 온다면 본인 테이블의 앞자리나 옆자리를 선뜻 모르는 사람에게 내어주는가 하면, 어떤 사람은 자연스레 일어나 나가주기도 했다. 여기에선 이런 모습이 매우 익숙해 보였다. 얼마나 자연스러운지 카페 주인 역시 감사하다는 말을 굳이 덧붙이지 않았고 손님들도 이게 당연하다는 듯 생색도 내지 않았다. 그저 서로 다 안다는 듯, 눈을 마주치며 방긋 웃으며 인사하고 나간다.

정말 이상적인 단골손님과 주인의 모습이랄까? 사람들이 많을 때는 자신의 자리를 내주고 손님이 없을 때는 주인과 이런저런 이야기를 나누는 것. 주인은 무언가가 좋은 먹거리가 생기면 손님들과 함께 하는 것. 그냥 보기만 해도 기분이 좋아지는 그런 상생하는 느낌, 그들의 표정과 두 눈빛에 이런 끈끈한 관계가 여실히 나타나는 것 같아 조금 부럽기도 했다.

자리도 넓지 않은 데다 친절과 배려가 넘쳐 테이블에 있는 내 잔을 싹 비워가 당황스럽게 만들었을지라도 이곳의 분위기에 취해 여행 하는 동안 가야 할 곳이 많이 있었음에도 잊지 않고 두 번이나 내 발걸음을 잡아둔 곳이었다. 비행기 시간에 겨우 맞출 수 있을 정도로. 그래서 홍콩을 여행하면 이곳을 체크해두고, 커피와 런치 메뉴들을 꼭 먹어보라고 권하고 싶다.

West Kowloon Cultural District

추천메뉴

브루잉 커피

브루잉 빈은 모두 호주 마켓레인의 카페에서 항공으로 공수해 판매된다. 한국에서 보기 힘든 점, 좋은 빈을 뛰어난 추출 실력으로 내려준 커피를 마셔 볼 좋은 기회다.

각종 원두

이 카페도 브런치 메뉴가 워낙 잘 되어 있어서 브런치를 추천할까 고민했지만, 호주에 있는 원두를 좀 더 가까운 곳에서 살 수 있는 점이 더 매력있게 다가와 원두를 구매하는 건 어떨까 싶다.

Sun Yat-sen Memorial Park

Sai Ying Pun Station

Sheung Wan Station

International Finance Center

Central Station

브루 브로스

홈페이지	www.facebook.com/brewbroscoffee
주소	shop F2, LG/F, 33 Hillier Street, Sheung Wan, Hongkong
연락처	+852-2572-0238
영업시간	08:00~17:00
휴무일	월요일

Victoria Park

HONG KONG CAFE | 4

넉 박스

KNOCK BOX

과거와 현대의 카페 문화가 마주하는 카페

요 몇 년 사이에 영화관에서 예전 영화를 재상영하는 경우가 유난히 많아진 것 같다. 〈이터널 선샤인〉이 재개봉하여 사람들의 마음을 따뜻하게 했고, 위안부 할머니들의 이야기를 다룬 〈귀향〉 역시 문화센터를 통해 재상영되었다. 책도 마찬가지이다. 〈위키드〉는 책뿐만 아니라 영화와 뮤지컬로도 흥행하여 사람들 사이에서 오르내렸다. 엘리자베스 쿡이 집필한 〈지나〉는 1911년 〈이선 프롬〉의 주인공인 이선의 부인 입장에서 재집필된 작품이기도 하다.

이처럼 사람들은 자신이 좋아했던 예전의 것들을 마음속에 품고 살아가다가 그것을 재탄생시키려 하거나, 주변 사람들이 뭐라고 하든지 그것에 귀 기울이지 않고 본인의 신념을 밀고 나가는 때가 많다. 그러면서 고전에 자신의 아이디어가 더해진 새로운 작품을 발견하기도 한다. 새로운 것을 창조하는 것도 멋있는 일이지만, 예전의 것을 소중히 여기고 자신의 가치관을 더해나가는 것도 멋진 일이라고 생각해왔었다. 그러던 중 자신의 카페를 단순하게 커피만 판매하는 곳이 아닌 커피 하우스로 불리고, 그렇게 되기를 바란다는 '패트릭 탐'의 기사를 접했다. 홍콩 내에서는 꽤 인지도가 있는 1세대 Q-grader커피 감별사 패트릭 탐. 영국 런던 어딘가 처칠 거리 구석에 있는 이름 모를 커피 하우스처럼 그런 커피 하우스가 되길 바라는 것인가 잠시 생각했다.

패트릭 탐의 바람은 온라인에서 유명해지고 정보가 공유되는 것이 아니라 오프라인에서, 사람과 사람 사이에서 커피 이야기가 전해지고, 또 서로가 얼굴을 맞대며 커피 맛에 대해 대화하면서, 서로 살아가는 이야기를 하는 그런 아날로그의 감성이 살아 있는 커피하우스를 뜻하는 것이었다. 이 카페는 그런 오너, 그런 철학에 맞춰진 곳이었다.

간결하지만 손님과의 자유로운 소통을 위한 바가 넉 박스의 중심이었다.

현대인에게 없어서는 안 되는 무선 인터넷을 과감히 빼고, 인터넷을 활용한 디바이스를 잠시 내려놓고 온전히 사람과의 소통에 시간을 보내기를 권하는 곳. 요즘 같은 때에 이런 카페가 존재한다니 너무나 궁금해서 참을 수가 없었다.

홍콩의 유명시장인 레이디스 마켓에서도 외관상으로 눈에 띄는 진녹색 간판. 문을 열고 들어선 '넉 박스'는 내 생각보다 작은 공간에서 운영되고 있었다. 입구에서부터 바로 보이는 ㄱ자 모양의 바와 바에 연결된 바 테이블, 그 옆에는 2인석 좌석이 길게 늘어서 있으며 바에서 손님이 있는 테이블까지는 아주 협소한 거리로 서로 팔만 뻗으면 닿

원두의 산지를 다니며 찍은 사진이 벽에 가득하다.

을 정도였다. 그만한 공간을 두고 구성된 곳이었다. 거리감이 멀게 느껴지지 않아서 사람과의 관계를 중시하는 패트릭의 마음이 카페의 공간 배치에서도 잘 느껴졌다.

이곳은 또 홍콩의 에어로프레스 대회 2위 수상자를 배출한 카페이기도 하다. 그래서 나는 당연하게 에어로프레스 메뉴를 주문했다. 원두는 파나마 펄씨와 에티오피아 네키세 레드 중에서 고심 끝에 에티오피아 네키세 레드를 선택했다. 에티오피아 네키세 레드는 90+ 빈 ― '90+'는 에티오피아 내추럴 계열의 빈을 가지고 맛과 향의 기준을 정해서 품종, 재배, 수확, 가공을 통해 매년 같은 콘셉트인 커피를 만들

커핑모임에서 그들이 커핑할 것들을 어떤 선입견 없이 고르기 위해 블라인드 처리를 했다.

손으로 작성하고 그린 메뉴들과 설명이 눈에 띈다. 너무 잘 만들어 직접 만들었다는 것을 알았는데도 놀라웠다.

어 90점 이상의 점수를 받는 빈을 말한다. 85~90점에 맞는 '레벨업'이라는 빈도 있다 — 으로 예전에 아는 바리스타의 싱글 에스프레소로 마셨던 적이 있어서 그때 그 과일 향과 과일에서 나는 상큼한 단맛이 기억에 남았었으므로 이곳에서의 커피 맛이 더 궁금했다. 무려 에어로프레스 대회 2위 수상자의 프로세스로 내린 커피였기 때문에 더 그랬다.

바와 테이블 거리가 가까운 만큼 바리스타가 어떤 행동을 하는지 하나하나 직접 눈으로 확인하는데 이렇게 커피를 기다리는 것도 여기서 볼 수 있는 재미였다. 그렇게 완성된 커피는 바에서 직원이 나오지 않고 그 자리에서 손을 쭉 뻗어 건넨다. 이렇게 주는 방식이 처음에는 살짝 웃음이 날 정도로 이해가 되지 않았으나 — 마치 움직이기 귀찮아하는 모양새처럼 비치기도 해서 — 뭐, 이런 것도 이곳에서 겪는 독특한 방식이라고 생각하니 여행자 입장에서는 더 톡톡 튀는 경험일지도 모르겠다. 전혀 몰랐던 변수를 겪어보는 것도 여행이니까. 이런 퍼포먼스에 별안간 유쾌한 웃음이 터졌으니 맛있는 커피와 가는 곳곳 재미 있는 홍콩 풍경까지 더해져 이번 여행이 정말 의미가 있다는 느낌에 기분이 좋아졌다.

커피를 받아들고 한 모금 딱 머금었을 때 베리berry 종류의 적절한 산미와 이 맛이 지나고 후미에 남는 단맛이 적절하게 느껴졌다. 커피 필터인 에어로프레스 필터는 종이 필터를 사용한 것처럼 오일 느낌이 없었다. 홍콩 달러로 85달러라는, 커피치고 꽤 비싼 값을 치러야 하지만, 마셔보길 참 잘했다. 넉 박스에서는 그라인더를 4종류로 쓴다 — 브루잉 커피 2종, 에스프레소 2종 — . 이렇게 사용함으로써 다양한 커피 맛을 추출하고 있고 빈 종류 또한 일반 커머셜 빈부터 90+, 최상위 등급의 빈까지 보유하고 있다. 여러 가지 빈으로 커피 맛도 다양하게 선택할 수 있는 장점이 있으니 조화로운 커피를 맛볼 수 있어 더욱 기쁘고 행복한 일이 아닐 수 없었다.

넉 박스가 가진 이런 다양성이 많은 사람에게 사랑받고 세계적으로도 이름을 날리는 유명한 카페로 설 수 있었던 것이 아닐까 싶었다. 빈을 주문하는 메뉴판을 보면서도 느낀 점들인데, 카페에서 표기해두는 로스팅 날짜나 아니면 원두 판매기한, 재고 관리 문제는 카페 입장에선 여간 귀찮은 일이 아닐 수 없지만 이곳에서는 철저하게 관리되고 있다는 게 놀라웠다. 관리가 까다로워서 잘 선정하지 않는, 희귀한 나라들의 빈도 이곳에서는 제공하고 있어서 다른 카페에서 보기 힘든 빈을 각종 브루잉 툴로 마셔볼 수 있는 진귀한 경험이 어디 또 있을까 싶다. 게다가 이런 빈을 구매할 수도 있다. 커피를 사랑하는 나로서는 매일매일 놀러오고 싶은 그런 아지트 같은 카페였다.

홍콩을 여행하는 커피 마니아들이 다른 곳에서는 잘 판매하지 않는 빈을 다채롭게 맛보고 싶을 때, 또 레이디스마켓을 구경하다가 몸이 지치고 힘들 때 이곳을 들러보면 어떨까? 작지만 편안하고 색다른 경험을 하기에 손색없을 것이다.

추천메뉴

에티오피아 90+(에어로프레스)

진하게 짜낸 에스프레소보다는 조금 편안하고, 드립보다는 조금 더 묵직하게 마실 수 있다. 에어로프레스 홍콩 대회 수상자인 바리스타가 내려주는 커피는 손님들에게도 특별한 경험이 될 것이다.

금요 커핑모임

커피 메뉴는 아니라서 잠시 고민했지만, 커피와 무관하지 않기에 소개한다. 80달러를 내면 금요일 저녁 6시 30분부터 자유롭게 서서 혹은 앉아서 그날 준비된 커피들을 계속 마실 수 있다. 누군가가 준비해온 원두를 서로 나눠 마셔보기도 하고 또 누군가는 커피를 이야기하기도 한다. 커피가 아니더라도 일상을 나누는 교류의 장이니 참석해보아도 좋을 것이다.

넉 박스

홈페이지	knockboxcoffee.hk
주소	21 Hak Po St, Mong kok, Hongkong
연락처	+852-2781-0363
영업시간	11:00~21:00

HONG KONG CAFE | 5

18 GRAMS

홍콩 공식 대회에서 인정받은 표준 원두를 맛보다

홍콩 바리스타 국가대표 선발전의 공식 원두를 사용하는 카페, 월드 바리스타 챔피언십 사이폰 부문 우승자를 배출한 카페. 내가 홍콩에 간다면 꼭 한번 들러보고 싶었던 '18 grams'. 하지만 여행 일정이 조금 짧았던지라 일정상 사이폰 부문 우승자가 있는 18 grams alley는 가지 못하고 셩완 지역에 있는 18 grams로 갔다. 들뜬 마음으로 출발했지만 갑작스럽게 내리는 비는 날 당황스럽게 했다. 정말 맑은 하늘이었는데…….

하긴 홍콩을 돌다 보면 영국과 같은 느낌을 받을 때가 있었다. 분명 하늘에는 해가 쨍쨍 뜨겁게 내리쬐고 있다가도 난데없이 비가 너무 많이 쏟아지는 경우가 일주일 중에 2~3일은 됐으니 말이다. 그렇게 뛰어서 급하게 도착한 18 grams는 아니나 다를까 다른 홍콩의 유명 카페들처럼 만석이었다. 밖에 비는 계속 내리고 있고 카페 입구를 막고 서 있을 수는 없어서 반대편 오피스 입구에 서서 30분 정도 기다렸다. 나가는 사람, 들어오는 사람들과 어색한 눈 맞춤을 하고 나서야 카페에서 사람이 나오는 걸 확인하고 들어갈 수 있었다. 지루하거나 다소 짜증이 날 법도 했지만 커피에 대한 기다림이 더 간절했다.

드디어 카페 안으로 들어서자 사람들이 마주 앉아 대화하기 편한 분위기와 가구들로 꾸며져 있는 풍경이 눈에 들어왔다. 이런 풍경에서 오는 편안함과 따스함이 이곳에 더 머물고 싶다는 생각이 들었다. 비가 많이 내려 사람들이 평소보다 더 오래 카페에 머무는 것이 아니라 이런 분위기 때문에 이곳을 즐기고 있었다는 표현이 더 맞을 것 같았다. 밖에서 오랜 시간 더 기다리지 않고 30분 만에 들어온 내가 감사하게 느껴질 정도였다. 들어가자마자 직원이 메뉴판을 가져다주었는

빈에 관한 설명과 가격을 문 옆의 보드에 붙여 이목을 끌고 있다.

데 메뉴판을 주기가 무섭게 다 펴지도 않고, 비에 맞아 차가워진 몸을 녹이기 위해 카푸치노 먼저 주문했다. 그러고 나서 다시 메뉴판을 보고 추가로 주문할 거라고 말하곤 천천히 메뉴판을 살펴보았다.

이곳에서 쓰는 빈은 홍콩 바리스타 대회의 공식 원두로 채택될 만큼의 퀄리티를 보유했다. 이 맛을 본래대로 고스란히 맛보고 싶어서 아메리카노를 추가로 마시기로 했다. 너무나 많은 디저트 메뉴 사이에서 오늘은 케이크를 골랐다. 비 오는 날에 달콤한 케이크와 따뜻한 카푸치노, 아메리카노까지. 우중충한 기분이 단번에 전환되는 조합이다. 그렇게 다음 메뉴를 정하는 동안 카푸치노가 나왔고 카푸치노를 받

데일리 콜드 브루로 시작해 매일 다른 빈으로 콜드 브루를 내려 그날그날 다른 커피를 맛볼 수 있다.

아들면서 아메리카노와 레몬 치즈 케이크를 주문했다. 카푸치노를 마셔보니 너티한 느낌과 단맛이 주를 이루는 에스프레소가 바로 느껴졌다. 여기에 고운 우유 거품까지 뭐하나 튀는 것이 없는, 큰 호불호 없이 대중들에게 굉장히 사랑받을 맛이라고 생각했다. 스페셜티 커피가 요즘 이곳저곳에서 많이 강조되고 있고 시류에 따라 극단적으로 시거나 플로럴 향이 많이 나는 커피를 제공해 대중성보다 매니악한 면을 더 내세우는 카페들이 꽤 있다. 그러나 이곳은 무난하면서도 소위 나쁜 맛이라고 하는 게 없는, 군더더기 없이 깔끔한 커피를 제공함으로써 사람들이 많이 찾아올 것 같다는 생각을 했다.

18 grams의 간판.

추가로 주문했던 아메리카노도 고소하면서 균형이 잘 잡혀있었다. 카푸치노를 마시며 느꼈던 그 대중적인 맛이 동일하게 있어서 같은 에스프레소 베이스를 사용해 맛을 표현했다는 걸 알 수 있었다. 왜 이곳이 홍콩 사람들에게 그렇게나 많은 사랑을 받는 카페인지 그리고 왜 이곳 원두가 홍콩 바리스타 대회의 공식 원두로 선정되었는지 알 수 있을 정도로 커피 맛이 꽤 괜찮았다.

이곳에서는 콜드 브루잉 음료도 준비되어 있는데 다른 곳과 조금 다른 점은 '데일리 콜드 브루'라는 이름을 달고 매일매일 다른 원산지의 콜드 브루잉 음료를 판매한다는 것이다. 그래서 그날그날 케냐나 에티오피아, 과테말라, 콜롬비아 등 다양한 원산지의 콜드 브루잉 음료를 마셔볼 수 있다. 케이크는 한국의 여러 카페에서 자체적으로 케이크와 빵을 만들어 제공하는 가게가 많아서 그런지 나의 기준치가 조금 높아진 것 같았다. 한마디로 약간 부족한 느낌이 들었다. 그래도 커피와는 잘 어울리는 케이크여서 불만족스럽다거나 하지는 않았다.

뭔가 더 먹고 싶어서 브런치를 추가로 주문했는데 이것이 정점이었다. 케이크에서 살짝 긴장감이 내려갔다가 브런치를 보니 눈이 저절로 휘둥그레졌다. 가장 무난하면서도 홍콩 사람들이 가장 많이 먹는다는 올데이 브런치는 커다란 접시에 신선한 샐러드와 올리브, 페퍼 소스에 버무려진 방울토마토, 베이크드 빈, 스크램블드에그, 소시지와 구운 베이컨 그리고 빵과 잼, 버터까지 올라온다. 푸짐하다는 정도가 좀 지나칠 수도 있겠다. 아무튼 한 끼를 아주 든든하게 책임질 것 같은 모습이었다.

빈을 사려고 직원에게 물어보았는데 커피 빈은 500g 단위로만 판매된다고 했다. 조금 더 소량인 100g이나 200g 단위로는 살 수가 없어서 아쉬웠었다. 원두가 많이 필요한 사람에게는 좋을 것 같지만 조금씩 맛보고 싶은 사람에게는 맞지 않는 분량일 수 있으니 참고하면 좋을 것 같다. 그리고 텀블러를 구매하면 무료로 커피를 마실 수 있는 쿠폰을 주는 것처럼, 이곳에서는 킵컵을 주문하면 커피 1잔이 무료로 제공된다. 카페에 와서 컵도 사고 커피도 더 마실 수 있으니 일석이조 이상을 보는 것 같다.

따뜻한 카페 안에서 커피와 브런치를 즐기다 보니 밖에는 해가 구름 사이로 다시 비치고 있었다. 생각해 보면 어느 순간부터는 비가 온 후

콜드 브루를 내리면서 기구와 그날 쓴 원두를 설명하고 있다. 원두는 구매도 할 수 있다.

빈티지 나무로 카페 이름을 표현한 것이 내부 분위기와 잘 어울렸다.

에 하늘을 쳐다보는 일이 잘 없었던 것 같다. 슬슬 가게를 나와 하늘을 쳐다보았다. 비가 멈추었다기보다 어두운 먹구름이 해에 자리를 내줬다는 말이 더 맞는 모습이었다. 한국에 널리 퍼지고 있는 스페셜티 열풍 속에서 바리스타로서 나는 어떻게 대처해야 할지 고민하며 여행길에 올랐었는데 이곳 18 grams가 기적처럼 해답을 안겨주었다. 18 grams에서 맛본 홍콩의 대표 커피 스타일은 대중적이면서 스페셜티 요소는 적게 할애하고 있었고 이런 점이 고민에 대해 길을 열어주는 것 같았다. 비가 개고 해를 내어주듯 그렇게 내 마음속에 다가왔다. 하늘을 바라보며 앞으로 나의 길이 어떨지를 기대하며 18 grams를 뒤로 하고 다시 홍콩 거리를 걸었다.

추천메뉴

싱글 오리진 콜드 브루

날마다 달라 어느 원산지의 빈을 쓴 콜드 브루가 나올지는 알 수 없지만, 운이 좋다면 먹어보지 못한 색다른 콜드 브루를 마셔볼 수 있을 것이다. 블라인드 테스트를 하는 기분이 들기도 하니 재미있는 요소가 아닌가 싶다.

올데이 브런치

다른 곳처럼 간단한 브런치를 생각하기엔 너무 푸짐한 양에 깜짝 놀랄지도 모른다. 채소와 고기, 빵과 잼이 한 끼를 든든하게 책임질 것이다.

Nursery Park, West Kowloon

un Yat-sen Memorial Park

g Pun Station

Sheung Wan Station

18 GRAMS

International Finance Center

홈페이지	www.18grams.com
주소	77 Wing Lok St, Sheung Wan, Hongkong
연락처	+852-2327-5557
영업시간	월~토요일 08:00~20:00 (국경일은 달라질 수 있음)

toria Park

Hong Kong Park

HONG KONG CAFE | 6

더 커피 아카데믹스

THE COFFEE ACADEMICS

죽기 전에 꼭 가봐야 할, 소문난 그 카페

나는 다른 사람과의 대화를 매우 중요시하게 생각한다. 그리고 누군가와 이야기할 때 나 때문에 대화가 끊기는 것을 그다지 좋아하지 않는다. 좀 더 배우고 대화 주제가 풍성해졌으면 하는 마음에서 책을 많이 읽는데, 베스트셀러 책은 거의 읽는 편이고 유행하는 라이프 스타일 잡지, 패션 잡지 몇 권 정도도 읽으며 스포츠 뉴스를 비롯해 사회의 뜨거운 감자인 시사적인 분야도 눈여겨보며 정리해둔다. 다소 활자 중독인 것처럼 보일 수도 있겠다. 책뿐만 아니라 음악도 마찬가지이다. 가요, 인디 씬에서 나오는 음악 모두 신곡이 나오면 듣고 있다. 꼭 가지는 못하더라도 SNS에서 유명한 카페 혹은 밥집들도 한 번씩 체크해 두는 편이며 사람들과 대화하다가 내가 잘 모르는 주제는 잘 들어두었다가 집에 와서 찾아보고 다시 정리해둔다. 이런 나를 보고 누군가는 그렇게 '피곤하게' 사는 것이 과연 좋은 걸까라며 하며 핀잔을 준 적도 있었다. 그런데 이렇게 사는 것, 이런 생활이 이미 익숙해진 나는 이런 것도 재미있는 내 생활의 일부이기에 꼭 고쳐야겠다는 생각은 잘 들지 않는다.

이런 내 성미 때문인지는 몰라도, 홍콩에서 카페 탐방을 할 때 유독 이곳에 혹했었다. 매체 등에 소개되어 이른바 '검증'된 곳, 크나큰 모험보다는 여러 사람을 통해 입증된 곳에 대한 기대가 좀 있어서 이곳 '더 커피 아카데믹스'가 끌렸었다. 여기는 미국 버드피츠에서 소개한 '죽기 전에 꼭 가봐야 할 전 세계 25개 카페'로 선정된 곳이다 — 한국 카페도 한 군데 선정되어 있어 반가웠었다 — . 본디 매체에 소개되려면 어느 정도 입소문은 타고 있었어야 한다고 생각하는데 아니나 다를까, 기사에 실리기 전부터 이미 홍콩에서 뜨겁게 떠오르는 카페였다. 스페셜티를 사용하고 많은 홍콩 카페들에 빈을 납품하면서, 커피

신문을 만들어 비치하여 사람들에게 브랜드 소식을 좀 더 빨리 전달하고 있다.

완차이점은 분위기와 공기부터 좀 달랐다. 가장 느낌이 좋았던 지점이기도 하다.

아카데미를 운영하여 사람들에게 커피 교육을 하고 있는, 이미 제대로 자리 잡은 곳이었다. 그렇기에 홍콩 카페 투어 계획을 세웠을 때 우선순위에 두었던 카페이기도 했다. 다양한 미디어에 많이 노출되어 있는 카페여서 여기도 살짝 소개하기가 망설여졌었지만 그래도, 이름난 곳은 다 이유가 있으니 추천해본다.

마침 내가 한국에서 예약해둔 침사추이 숙소 옆에 커피 아카데믹스가 있어서 헤매지 않고 쉽게 찾아갈 수 있었다. 침사추이 쇼핑센터 2층 구석진 곳에 위치하고 있어서인지 자리에 앉아서 커피를 마시는 손님보다는 테이크아웃을 하는 손님이 유독 많았다. 인테리어나 분위기는 매우 차분하고, 조용한 편이어서 앞으로 남은 일정을 잘 정리할 수 있었다. 나 같은 경우 말고도 조용히 일하고 싶다면 이곳도 괜찮은 것 같았다. 복잡한 쇼핑센터 안에 있는 조용한 카페. 이질적이지만 편안한 아지트 느낌을 주기도 하니까.

커피 아카데믹스에서는 Tca house blend를 판매한다. 그리고 여기는 에이징 — 로스팅한 후 가스가 원두에서 빠져나오는 시간 — 을 길게 가지고 가는 것 같았다. 로스팅한 지 3주가 넘은 빈을 판매대에 전시해 둔 상태였기 때문이다. 빈의 유통기한은 보통 1년이고 빈을 전시해둘 때 기간에 대한 기준은 딱히 없지만, 빨리 빼는 카페는 10일~2주 정도여서 약간 다르게 보이는 점이었다. 아무튼, Tca 블렌드를 사용한 커피는 다른 곳과 마찬가지로 단맛이 더 느껴지는, 균형이 잘 잡힌 맛이었다. 따뜻한 아메리카노보다 개인적으로는 아이스로 마실 때 맛이 더 풍부하게 느껴져서 더 좋았다.

침사추이 쇼핑센터 지점을 제외한 다른 지점은 굉장히 다른 분위기였다. 코즈웨이점은 본점이라서 그런지 브런치와 베이커리가 다양하게 준비되어 있었고, 메뉴뿐만 아니라 화려한 인테리어와 아까 앞에서 언급한 '죽기 전에 가봐야 할 카페'에 본점이 소개되어서 그런지 많은 관광객이 사진을 찍는 모습이었다. 커피를 온전하게 즐기기엔 약간 무리가 있을 만큼 많은 사람들 사이에 끼어 있어야 해서 복잡하긴 했다. 나는 뭔가를 먹고 마실 때 대기 시간이 긴 것을 좋아하지 않은 편이기도 하고 사람들이 많은 공간도 선호하는 편이 아니어서, 직원이 오랫동안 대기해야 한다고 알려주자 더 고민할 필요도 없이 다른 지점으로 옮겨가기로 했다. 많이 움직이지 않아도, 오늘의 동선 안에 완차이를 포함하고 있어서 바로 완차이점을 찾았다.

완차이점도 사람이 많은 편이었지만 코즈웨이점과는 아주 달랐다. 코즈웨이점은 부산한 느낌이었다면 이곳은 조용한 붐빔이랄까? 왁자지껄한 관광객들에게 밀리고 밀려서 온 느낌이 아니라 각자의 테이블에서 노트북을 펴거나 책을 들고 자유롭게 앉아있거나 가만히 이야기를 나누는 정도였다. 그래서 같은 기다림이었지만 이곳에서는 여유를 갖고 자리를 기다릴 수 있을 것만 같았다. 내부로 들어가 보니 밖에서 볼 때와는 또 달랐다. 다른 곳보다 바 테이블이 유독 많아서 직원과의 소통이 쉬운 지점이라는 생각이 들었다. 구석에 보이지 않는 코너 자리도 나름대로 조용한 공부방 같았고 비밀스러운 분위기여서 뭔가 더 편안하게 느껴졌다.

무엇을 마실까 고민하다가 홍콩의 어떤 카페를 가도 볼 수 있는 '피콜로 라떼'를 주문했다. 피콜로 라떼는 쉽게 말해 우리나라에서 요즘 흔

오픈 바로 되어 있어 조금만 들여다봐도 커피 만드는 모습이 다 보인다.

에스프레소와 에스프레소 콘파냐.

원두 판매를 위한 진열장. 병 안에 샘플도 담아두었다.

히 볼 수 있는 플랫화이트의 홍콩 버전이라고 생각하면 편하다. 좀 더 깊게 들어가자면, 플랫화이트와 피콜로 라떼 그리고 일반 카페라떼의 차이점은 우유 스팀에 대해 얼마나 잘 알고 있는가에서 출발한다. 카페라떼는 우리가 잘 알고 있듯이 우유를 스팀 하여 적당한 부피의 우유와 거품층을 에스프레소 위에 올려주는 음료로 보통 360mL 정도의 양이다. 사람들이 가장 잘 알고 있는 음료이기도 하다. 플랫화이트는 호주에서 시작된 라떼의 일종이라고 생각하면 되지만 우유 거품을 최소화하는 것이다. 에스프레소 위에 스팀을 한 우유를 올리는 것으로 165mL 정도 양이다. 제일 위에 쌓이는 우유의 거품층은 일반 카페라떼보다도 굉장히 얇다고 생각하면 된다. 마지막으로 피콜로 라떼는 우유의 거품 양이 아닌 우유 전체의 양과 관련이 있다. 피콜로 라떼는 지금 설명한 라떼 3가지 중에서도 가장 적은 양인 100~130mL 정도의 부피를 가지는 음료이다. '피콜로'라는 말 자체가 이탈리아어로 '적은'이라는 뜻이니 이탈리아어를 알고 있다면 쉽게 유추했을 것 같다. 우유 거품은 플랫화이트와 카페라떼의 중간 정도를 가지게 된다. 카페마다 레시피가 조금씩 다르므로 피콜로 라떼라고 해서 정확히 이런 계량으로 만드는 것이라고 말하기는 어려우니 참고해두자.

원래 Tca 블렌드는 단맛이 기본적인데 이곳에서 마신 피콜로 라떼는 같은 Tca 블렌드라고 생각할 수 없을 만큼 과일의 산미와 부드럽게 넘어가는 우유 거품이 일품이었다. 그 뒤로 단맛과 함께 이어지는 깔끔한 애프터 테이스트가 우유 베리에이션 음료치고 묵직하지 않고 너무나 깔끔했다. 이렇게 깔끔하게 넘어온 후에 단맛까지 이어져서 마무리마저 완벽했다.

침사추이점의 바 모습이다. 이곳 역시 오픈 바로 되어 있다.

커피 아카데믹스는 세 지점 모두가 같은 빈을 쓰는 똑같은 매장이지만 방문하는 손님의 타겟 층이나 카페 분위기 자체가 확연히 달라서 자신이 선호하는 곳으로 찾아가면 좋을 듯하다. 사진을 찍거나 유명한 관광지 분위기를 느끼고 싶다면 코즈웨이점으로, 침사추이 쇼핑 중 커피가 마시고 싶다면 침사추이점으로, 차분하게 나만의 시간을 가지고 싶은 사람이라면 완차이점을 추천한다.

Hung Hom

더 커피 아카데믹스
침사추이점

Hong Kong Space Museum

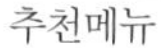

피콜로 라떼

이미 알고 있는 커피인 카페라떼나 플랫화이트와의 비교를 해보며 마셔보길 바란다. 사소한 것 같은 우유의 양과 거품의 차이가 엄청나다. 이런 요소들로 커피 맛이 달라지고, 붙여지는 이름도 각기 달라지는, 신기한 커피의 세계를 느껴보았으면 좋겠다.

매월 바뀌는 스페셜 음료 globally inspired coffee (코즈웨이점)

매월 전 세계의 음료를 소개하는 스페셜 음료이다. 그달에만 다른 나라의 음료를 마셔볼 기회를 누릴 수 있으며, 전에는 한국 팥빙수가 이 메뉴에 소개되었던 적이 있다.

Hong Kong Convention and
Exhibition Centre

더 커피 아카데믹스
코즈웨이점

더 커피 아카데믹스
완차이점

홈페이지	www.the-coffeeacademics.com www.facebook.com/TheCoffeeAcademics www.instagram.com/thecoffeeacademics	
주소	완차이점	35-45 Johnston Road, Wan Chai, Hongkong
	침사추이점	Kiosk 1, Level 2, Gateway Arcade, Harbour City, Tsim Sha Tsui, Hongkong
	코즈웨이점	38 Yiu Wa St, Causeway Bay, Hongkong
영업시간	완차이점	월~목요일 08:00~22:00 금요일 08:00~23:00 토요일 09:00~23:00 일요일 09:00~21:00
	침사추이점	월~금요일 08:00~21:00 토~일요일 10:00~20:00
	코즈웨이점	월~목요일 09:00~23:00 금~토요일 09:00~02:00 일요일 10:00~21:00

deen Country Park

HONG KONG CAFE | 7

로프텐

LOF 10

유니크를 자랑하는 곳, 그들만의 정체성을 안고 있는 카페

'좋은 작가가 되는 것은 좋은 데이트 상대가 되는 것과 같은 것이다.'

내 마음을 오랫동안 울렸던 구절. 소설가 커트 보네거트가 글쓰기 강의를 할 때 했던 말이라고 한다. 이 말을 듣고 곰곰이 생각해본 적이 있다. 나의 좋은 데이트 상대는 어떤 사람일까? 상대방을 잘 배려하고, 재미있고, 솔직하고, 매력적인 사람. 완벽해서 좋은데 그런 사람이 실제로 있기는 할까? 있다면 이런 사람은 무슨 일을 하든, 어느 곳에 가든 이런 사람은 다들 좋아할 만한 사람이 아닐까? 호감을 사기에 너무 당연한 성격이니까 말이다. 그러면 작가들이 글을 쓸때도 마찬가지가 아닐까? 상대방을 배려하는 듯한 문장으로 재미있으면서, 작가의 생각을 솔직히 드러내 매력을 느끼게 하는 글을 쓴다면 베스트셀러 작가로 등극할 것이다. 그러면 좋은 카페가 될 수 있는 조건도 같은 맥락이 아닐까 하는 생각이 꼬리에 꼬리를 물게 된다. 가게 주인은 다방면으로 최선을 다하고 손님들의 입장에서도 저런 기분이 든다면 그곳이 바로 좋은 카페가 아닐까 했다.

그래서 다시 이렇게 생각이 정리되었다. 좋은 카페란 사람들을 편안하게 만들어 주는 분위기를 가지면서, 본질적인 커피의 맛을 놓치지 않고, 손님을 맞이하는 직원들은 친절하며, 다른 카페에는 없는 나만의 카페라는 생각을 가질 수 있을 독특한 요소를 가지고 있는 곳. 이런 카페가 좋은 카페라고 생각한다. 이런 조건을 나열했을 때 잘 들어맞는 곳이 딱 떠올랐다. 천편일률적인 여느 홍콩 카페와 조금 다른 분위기, 단순하면서 독특한 곳. 소란스럽지 않은 잔잔한 실내에, 조용한 음악이 흐르고 손님들도 분위기에 맞춰 가게 안팎에서 본인들만의 시간에 빠져 각자 일들을 하고 있으며, 직원들은 과하지 않은 친절함으로

작은 창을 통해 내부를 살며시 들여다보는 재미가 있었다.

필요한 만큼만 손님들을 대접하는 곳. 바로 카페 '로프텐'이다.

서두가 굉장히 길었는데 이곳은 그만큼 미개척지를 발견한 기분이어서 설명을 덧붙이고 싶었다. 로프텐은 여태까지 소개한 홍콩 카페 중 가장 정보가 없었던 카페였다. 홍콩에는 커피 맛이나 사용하는 빈, 스타 바리스타가 있는 유명한 카페들이 많지만 심플하거나 절제된 분위기의 카페를 찾아보기란 조금 힘들었었다. 비슷비슷하지 않고 좀 다른 카페도 찾아가 보고 싶어서 나도 만족하고 한국의 커피 마니아와 대중들도 좋아할 만한 그런 카페를 찾기 위해 노력했고, 그 가운데 여기다! 싶었던 곳이 로프텐이었다.

심플하지만 심심하지는 않은 카페 인테리어.

홍콩에서 만나보기 힘든 화이트 톤의 인테리어로 이루어진 카페 로프텐은 찾기가 까다로운 자리에 있다. 앞서 소개한 커핑 룸과 브루 브로스 사이에 있는 맥도날드 앞쪽으로 가면 언덕을 오를 수 있는 계단이 보인다. 그 계단을 통해 오르막을 한없이 오르고 또 올라야만 만날 수 있는 아주 귀한 카페다. 이 카페는 친절한 주인과 바리스타 2명이 일하고 있는 곳이다. 홍콩에 사는 친구에게서 이 카페에 관한 이야기를 듣고서 여행을 떠나기 전, 미리 SNS를 통해 오너인 Eugene과 커피 이야기 그리고 다른 일상을 주고받으며 방문 날짜를 정했었다. 내가 홍콩에 도착한 날은 공교롭게도 Eugene이 다른 스케줄이 있어 직접 만날 수는 없었지만, 온라인상에서 대화하며 느낀 그의 모

미니멀리즘이 느껴지는 음료와 케이크.

습은 나에게 홍콩의 인상을 좋게 바꾸어 주었을 정도로 친절했고, 감사했었다.

지친 다리를 이끌며 힘들고 힘겹게 계단을 오르고 올라 겨우 카페 입구에 도착한 순간, 외부부터 그 신선함에 반할 수밖에 없었다. 빈티지하면서 깔끔한 느낌의 카페는 첫인상부터가 홍콩의 다른 카페와는 다르다는 인상을 딱 주었다. 한국에서 유행하는 카페들의 분위기와 약간 비슷하기도 했다. 신경 쓴 듯, 신경 쓰지 않은 듯한 분위기. 카페 분위기에 맞춰 커피를 즐기는 손님들의 모습 역시 다른 홍콩 카페에서 보았던 풍경과는 사뭇 달랐다.

군더더기 없는 바 모습. 화이트 톤으로 전체적인 카페 분위기와 잘 맞았던 것 같다.

그렇게 좋은 느낌을 안고 안으로 들어가자 이 카페 뭘까 싶었다. 마치 내가 올 것을 알았다는 듯이 에픽하이의 노래가 흘러나오는 게 아닌가. 홍콩에서도 k-pop 바람이 불고 있었나? 한국도 아닌 홍콩에서 에픽하이 노래를 듣다니, 번개처럼 찾아온 반가움에 나도 모르게 노래를 흥얼거리게 된다. 들어가자마자 바에 서 있는 바리스타 2명이 동시에 쳐다보며 조용히 눈인사를 하길래 나도 말없이 눈으로 인사하며 카페를 한번 둘러보았다.

미니멀minimal. 내부를 보니 이 말이 딱 떠올랐다. 작은 규모에 8인석의 큰 테이블 하나만 놓여 있었다. 벽과 창가 쪽으로 바 테이블을 작게 붙여 심플하게 공간을 마련해둔 점도 인상적이었다. 바를 지나 안쪽으로 쭉 들어가면 그곳에 비밀기지 같은 작은 방이 나온다. 그곳에도 테이블 1~2개 정도가 있었는데 어찌 되었든 통일성 있게 심플한 느낌이었다. 미니멀은 음료에서도 계속되었다. 내심 예상한 게 들어맞았는데, 이곳은 생각하는 것 이상으로 작은 잔에 커피와 디저트가 제공된다. 정말 상상도 못 할 정도로 작은 크기이지만, 뭐 그렇다고 불평할 수는 없을 정도로 이 카페와 굉장히 잘 어울리는 기가 막힌 조합이었다.

으레 적어놓는 '직접 로스팅한 원두'인지 아닌지에 대한 정보도 없었고 빈을 구매하면 이 빈은 어떤 것인지에 대한 설명도 굳이 하려 하지 않았으며, 그저 묵묵하게 가게 명함을 붙여줄 뿐이었다. 커피를 맛보니 이곳도 홍콩에서 크게 유행하고 있는 '호불호 없이', '고소하고 좋은 균형감을 지닌' 빈을 사용하고 있었다. 한 가지 특이한 점은 앞에서도 얘기했듯이 커피에서도 최소화된 느낌을 유지하려 한 것이다. 이게 의도치 않게 좋은 점으로 작용한 것인지 아니면 바로 이 점을 노린 것인지 알 수 없었으나 그 작은 잔에 나온 아메리카노도 라떼도 모두 진한 맛을 표현해내고 있었다. 홍콩 카페에서 마신 커피들이 대부분 무난한 것이었다면 여기서는 이 무난함이 풍부하게 이어져 꽉 찬 맛으로 다가왔다. 그런 좋은 느낌을 이곳에서 경험할 수 있었다.

소위 말하는 '같은 원두, 다른 버전' 같았다. 이곳에서 이렇게 커피를 마셔보니 보통의 홍콩 커피를 마신다기보다 약간 일탈 비슷한 느낌이었다. 커피도 커피지만 정말 한 입 거리밖에 되지 않는, 아주 적은 양이었던 미니멀 디저트도 조심스럽게 맛을 보니, 과하지 않은 적당한 단맛이 입안에 맴돌아 정말 음료와의 궁합이 딱 맞아 떨어졌다. 특유

입구에서 카페에 들어서자마자 크게 보이는 테이블과 액자.

의 간결함은 홍콩답지 않아서 이것만으로도 다시 여기에 오고 싶은 마음이었다.

회색 도시라는 말이 잘 어울리는 이곳 홍콩에서 깨끗한 화이트 톤의 벽과 그 벽에 걸려있는 스피커, 그림, 가구, 소품들. 이곳의 모든 것들이 굉장히 단순하면서도 주인만의 섬세하고 확고한 취향이 살아 있었다. 여러모로 홍콩에서 내 취향에 맞는 카페여서 글을 쓰고 있는 지금도 이곳에 가보고 싶은 마음이 간절하다. 아마도 한국 사람들에게도 좋은 인상을 줄 것 같다. 재미 있는 카페를 찾아 여러 카페를 탐방하는 사람들에게도 이곳은 볼거리가 많은, 좋은 느낌을 줄 수 있는 카페임이 분명하니까.

추천메뉴

로즈라떼

딱히 특별한 음료라기보다 라떼에서 장미 향이 난다는 것, 장미꽃잎을 뿌려줘 조금 더 눈으로 보기에 좋고 후각적으로도 즐거운 라떼이기에 추천한다.

아이스 아메리카노

작은 잔에 덩어리 얼음 그리고 그 안에 진하게 들어간 에스프레소는 홍콩의 균형감 있는 커피를 좀 더 풍부하게 맛볼 수 있게 한다.

로프텐

홈페이지	www.facebook.com/lof10hk
주소	Flat B, 1 U Lam Terrace, Sheung Wan, Hongkong
연락처	+852-2540-2210
영업시간	월~일요일 10:00~19:00

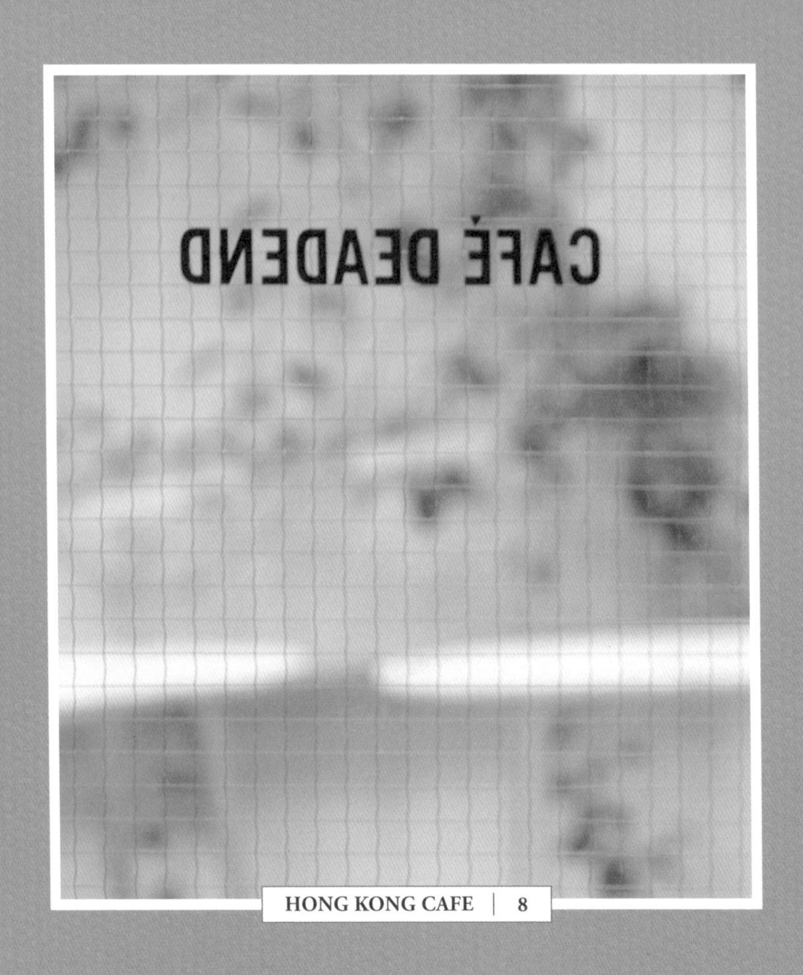

HONG KONG CAFE | 8

카페 데드엔드

CAFE DEADEND

인생 최고의 시나몬 롤을 맛보다

빵을 발효시키고 그동안 버터를 중탕해서 녹인 후, 흑설탕과 시나몬 가루를 미리 다져 놓은 견과류와 섞어주어 필링을 만든다. 반죽을 반죽기에서 꺼내 밀대로 쭉쭉 펴주고 그 위에 골고루 필링을 올려준다. 남들은 듬성듬성 올리지만 나는 빽빽하게, 공간이 보이지 않게 담는다. 그리고 김밥을 말듯 반죽을 돌돌 말아준 후 역시나 김밥처럼 잘라낸다. 그러고 나서 2차 발효를 한 다음, 겉에 우유를 발라 오븐에 구워준다. 이렇게 끝날 줄 알았지만 계속 빵을 지켜보면서, 정해진 시간에 빼는 게 아니라 좀 더 두고 시나몬 필링을 졸인다. 아주 끈적끈적해지도록, 그것이 빵에 녹아 들도록.

갑자기 빵을 만드는 이야기로 시작한 이유는 이 카페에서 먹은 시나몬 롤이 다소 충격적이었기 때문이다. 베이킹의 '베' 자도 모르면서 빵을 만들고 있었구나 하는 충격을 안겨준 곳. 여태까지 맛본 것 중 최고였던 시나몬 롤을 만나게 해준 이곳은 앞에서 소개한 카페 로프텐만 찾으면 다 찾았다고 생각할 수 있을 정도로 바로 그 옆 골목을 따라 2~3분만 더 걸어가면 나온다. 옆에 베이킹 룸이 있어 그냥 지나치기 쉽지만 베이킹 룸 옆으로 조그마하게 모습을 뽐내고 있는 카페가 있다. 그렇게 '카페 데드엔드'는 그들의 감각이 생생하게 보이도록 느낌 있는 장소로 구석 자리를 지키고 있다.

보통 커핑 룸처럼 유명한 카페는 주변에 외국계 회사나 호텔들이 많아서 홍콩 사람들보다 외국인이 찾는 경우가 빈번하다. 카페 데드엔드 같이 구석에 있으면서 주변에는 주택밖에 없는 곳은 현지인이 더 많을 수밖에 없는데 그럼에도 이곳에서 외국인 손님을 더 많이 만나볼 수 있는 광경이 굉장히 생소했다. 이곳에서도 음료를 비롯해 간단한 식사나 베이커리가 준비되어 있다. 손님들의 테이블에도 대부분 식사류가 함께 올라와 있다. 우선 나도 아메리카노 한 잔과 시각적으로 너무 훌륭해 보였던 시나몬 롤을 하나 주문했다.

아메리카노는 커피 자체가 너티하고 진한 것이 특징이었다. 달콤한 디저트라면 무엇이든 함께해도 좋을 정도로 잘 받쳐줄 만한 맛이었다. 아메리카노 단독으로 마셔도 충분히 그 맛을 잘 느낄 수 있지만, 간단한 요깃거리와 함께하면 금상첨화일 것 같았다. 독립적인 커피 맛은 아니지만 음식을 많이 판매하고 있는 카페인만큼 궁합이 좋은 커피를 내놓는다는 게 단점으로 느껴지지 않았다. 카푸치노를 추가로 주문했는데 이 또한 커피의 강한 맛이 우유를 뚫고 나와 진한 에스프레소가 느껴져서 디저트와 잘 어울릴 법했다.

이곳은 카페로서 많이 유명하다거나 혹은 유명한 바리스타를 배출했다거나 한 곳은 아니다. 그렇지만 과감히 이곳을 선택할 수 있었던 이유는 바로 조화로움이었다. 커피가 단순히 음료로써만 존재하는 이유가 있을 때도 있지만 적절한 디저트와 함께했을 때 느껴지는 커피의 맛도 있다. 이런 풍미도 중요하다고 생각한다. 데드엔드가 바로 이런 예시의 전형적인 곳이다. 커피의 맛이 딱 튀게 특별하지는 않지만 다른 것과 어울릴 때 그것을 최고로 만들어 주는 파트너 역할을 하는 것이다. 그래서 특유의 진한 커피가 좋게만 느껴진다. 또한, 이미 말했듯 이곳의 시나몬 롤은 태어나서 지금까지 먹어 본 시나몬 롤 중에 감히 최고라고 말할 수 있을 정도로 너무 맛있었다. 커피의 다크함이 시나몬 롤의 단맛을 잘 받쳐줘서 시너지를 더했는지도 모르겠다.

유독 적은 좌석은 시간과 상관없이 항상 만석이었다.

한국의 카페들만 보더라도 간단히 먹을 수 있는 베이커리를 커피와 함께 내놓는 곳들이 많다. 물론 커피만으로도 맛있는 커피를 내어줄 수 있지만, 궁합이 맞는 사이드 메뉴가 있다면 커피 맛이 더한 풍부해질 수 있기 때문에 카페를 운영하는 오너 입장에서 손님을 위한 베이커리의 필요성에 대해 다시 한 번 고려하게 되었다. 이곳에 방문한다면 시나몬 롤과 아메리카노 조합을 반드시, 꼭 먹어보라고 추천해 주고 싶다. 어쩌면 더 좋은 조합이 있을 수도 있겠다. 나는 이 시나몬 롤에 너무 반해서 다른 메뉴를 주문하지 않고 또 시나몬 롤을 사서 포장해가느라 다른 디저트는 맛보지도 않았기 때문이다.

바 내부에서 브런치를 요리하는 사장님. 장인의 힘이 엿보인다.

다른 테이블에 있는 사람들을 보면 보통 점심에는 베이커리와 커피를 마시지 않고 간단하게 음식을 먹는 것 같았다. 그들처럼 식사 메뉴를 시킬까 했다가 다른 카페에 가서 또 다른 커피를 마셔보기로 하고 그때를 대비해 빨리 배를 채우고 싶지 않아서 다른 테이블만 흘긋흘긋 구경했다.

작은 카페이지만 손님들이 삼삼오오 빠르게 오가고, 바리스타들이 많은 사람과 인사를 나누는 모습에서 괜찮은 곳을 찾았다는 생각이 들었다. 나만 알고 싶은 그런 카페였다. 매일매일 이곳에 와서 시나몬 롤과 아메리카노 한 잔을 마신다면 천국이 아닐까 할 정도로 행복했다.

외부에서 본 카페 데드엔드.

카페 규모에 비해 많은 직원이 있어서 손님들의 시선을 놓치지 않고, 손님이 어떤 걸 요구하기도 전에 미리 알아서 가져다주는 것 또한 뇌리에 남았다. 손님들도 이런 배려에 굉장히 익숙한 태도를 보이는 것 같았다. 높은 천고로 자리가 좀 좁았는데 그에 비해 여유로움이 연출되고 있었고, 카페의 중앙부에는 우퍼 스피커 큰 것과 그 주위로 작은 스피커들이 좋은 포지션에 놓여 있어서 듣기 좋은 음향이 흘러나와 요모조모가 만족스러웠다. 벽면 한쪽에는 유명 사진작가의 사진을 크게 전시해 사람들의 시선을 자연스레 한쪽 벽면으로 유도해 자칫 밋밋해질 수 있는 인테리어 요소들을 한곳에 집중시켜 사람들에게 시각적인 즐거움 또한 주고 있었다. 가만히 음악을 들으며 맛있는 커피와

극찬할 수밖에 없는 시나몬 롤. 함께 조화를 이루었던 커피이다.

시나몬 롤을 앞에 두고, 한쪽 벽에 걸린 그림을 바라보고 있자니 눈, 귀, 입 모든 것이 호강하는 것 같았다. 모든 것이 행복을 가져다주는 곳, 이곳을 어떻게 좋아하지 않을 수 있을까?

추천메뉴

카푸치노

우유를 뚫고 나오는 에스프레소의 진한 맛, 그렇지만 거부감 없는 느낌에 무난하다는 평을 하고 있었는데 시나몬 롤과 함께 먹으니 이 진한 맛과 단맛의 조합이 최고로 느껴져 감탄했다.

시나몬 롤

일반적으로 접할 수 있는 시나몬 롤보다 안쪽 필링이 좀 더 검게 졸여져 있어 단맛이 극대화되었다. 그렇지만 필링과 시나몬 향이 잘 어우러져 너무 달다고 느껴지지 않아서 정말 맛있었던 롤이다.

카페 데드엔드

홈페이지	www.cafedeadend.com
주소	72 Po Hing Fong, Sheungwan, Hongkong
연락처	+852-6716-7005
영업시간	화~일요일 09:30~18:00
휴무일	매주 월요일

HONG KONG CAFE | 9

N1 Coffee & Co.

화려함과 쓸쓸함이 공존하는 침사추이 거리에 녹아든 곳

내셔널 지오그래픽에서도 언급했듯 죽기 전에 꼭 한번은 봐야 하는 홍콩의 빅토리아 하버. 빅토리아 하버의 인위적이지만 인위적이지 않은 야경, 매일 아침 평소와 다름없는 모습인 것 같지만 늘 깨끗하게 꾸며져 있는 침사추이 쇼핑거리의 화려한 불빛이 장관이기 때문에 가 봐야 할 것이다. 그리고 이 화려함 가운데서 회색빛을 띠며 가장 작은 모습으로 혼자서 우두커니 서 있어 더 눈이 가던 카페. 그곳이 바로 'N1 Coffee & Co.'였다.

입구를 열고 안으로 들어가니 문을 열기 전후 모습이 달라 좀 놀랐다. 밖에서 볼 때와는 다르게 차분한 민트색이 주가 되는 카페였다. 너무나 화려하고 그 이면에 회색빛이 공존하는 침사추이의 모습처럼 카페 역시 그랬다. 아주 작은 공간에 일자형 오픈 바가 놓여 있으며 그 앞에는 회전목마의 민트색 말 한 마리가 장식으로 놓여 있었다. 공간의 활용성 부분에서는 크게 효율적이라고는 생각하지 않았지만, 모든 카페가 규격에 딱 맞을 필요는 없으니까. 다만 저 말 한 마리가 이곳에 오는 사람들의 기억 속에는 확실하게 각인될 수 있는 요소인 것 같았다.

주변을 둘러보니 이곳은 홍콩 바리스타 챔피언십에 매년 심사위원으로 참가하고 있는 오너 바리스타가 운영하는 곳이었다. 그래서 그의 이력이 가게 한쪽 벽면을 차지하고 있다. 이상하게도 나는 심사위원으로 참가하는 오너 바리스타들이 운영하는 가게에 가보면 유독 그 나라의 특성이 잘 나타나는 것 같은 느낌을 받는다. 한국, 일본, 홍콩. 각기 다른 문화를 가지고 있고 맛 차이도 천차만별일 텐데 이것이 극명하게 나타나는 것이 국제대회이기 때문이다.

살짝 지저분해 보이지만 경력에 대한 바리스타 본인의 자부심이 그대로 전해졌다.

아주 사소한 맛, 그 차이에 대한 예는 'walkers'라는 과자의 솔트앤비네갈 맛의 호불호를 보면 쉽게 알 수 있다. 보통 외국은 신맛을 선호하는 경향이 있어 이 과자를 선호하지만, 한국에서는 짜고 단맛인 과자가 인기가 많아서인지 이 과자를 좋아하는 사람을 거의 못봤다. 맛에 관한 것이니 이런 작은 차이가 커피에도 반영되어 있다. 외국은 산미 위주의 빈을 좋아하고 한국은 단맛 위주의 커피가 선호되며, 산미를 싫어하는 사람들이 많이 보인다. 따라서 외국에서 유행처럼 번진 스페셜티 커피의 산미는 우리나라의 문화상 그렇게 잘 들어맞지는 않을 수도 있겠다는 것을 생각해볼 수 있다.

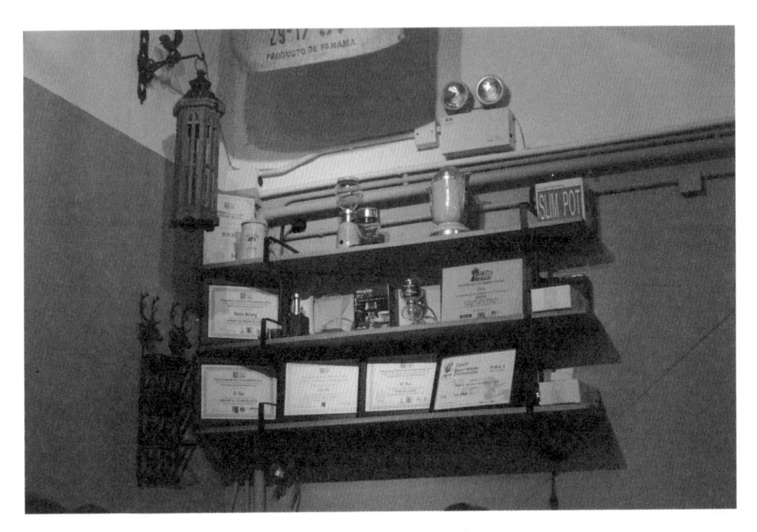

여러 상패와 상장은 잘 정리되어 한쪽에 자리 잡고 있었다.

이 문화의 차이를 어떻게 극복하느냐에 따라 세계적으로 커피의 균일성을 맞출 수 있을 것 같았다. 색상 또한 그렇지 않나. 보통 나라마다, 사람마다 색깔에 대해 말하는 것이 다 다르다. 여러 가지 노란색을 두고 자기가 생각하는 '노란'색을 고르라고 하면 비슷하지만 결국은 다른 색을 고른다. 샛노랗고, 누렇고 등. 그렇다면 한 가지로 이것을 캘리브레이션calibration할 수 있을까? 그렇게 할 수 있다. 바로 팬톤pantone사의 색상 넘버링이 있다. 이렇게 색의 넘버링을 세계적으로 전파하여 조금 더 객관적으로 판단할 수 있게 되었다. 넘버만 알고 있으면 같은 색을 어디서나 말할 수 있다는 이야기다. 이런 캘리브레이션이 커피 세계에서도 이루어지고 있다. 공식화하는 연구가 영국 그리고 한국에

이곳의 에스프레소 블렌드를 적어둔 목록이다.

감각적인 색감을 한 톤으로 잘 맞춰서 사소한 부분도 놓치지 않았다.

서도 시작되고 있는 것으로 알고 있다.

홍콩에는 외국인이 많아 서양 문화에 많은 영향을 받았기 때문인지 커피의 '산미'에 관대한 것 같았다. 이곳의 에스프레소 종류는 2가지로 나누어져 있다. 에티오피아의 워시드 빈과 내추럴 빈을 50대 50으로 섞은 피프티 피프티, 그냥 이름 자체가 '블렌드'인 빈이 그것이다. 피프티 피프티는 산미 위주, 블렌드는 밸런스 위주인데 블렌드의 경우 밸런스 뒤에 살짝 산뜻한 맛이 감돌고 있어서 약한 산미가 느껴진다. 홍콩이 확실히 산미에 대해 조금 관대한 곳이라는 느낌이 들었다.

피프티 피프티50/50로 내린 에스프레소는 그들의 인테리어 색인 민트와 어울리게 '데미타세demitasse' 잔마저도 발랄했다. 맛도 화려한 것이 입안에 딱 감돌았다. 바리스타들이 흔히 이야기하는 내추럴 빈 특유의 발효된 맛이 적당히 가미된 느낌이 나쁘지 않게 다가왔다. 또한, 에스프레소 블렌드 빈으로 주문한 아이스 아메리카노는 묵직하고 균형감 있었다. 시간이 지나서 맛이 점점 비는 물맛은 거의 없었던 기억이 난다. 두 가지 빈의 느낌이 구분될 정도로 각기 달라서 사람들에게 좋은 선택지가 될 수 있겠다고 생각했다.

카페 내부에서 로스팅해서인지 카페 안에 커피 향이 가득했다. 이런 향이 후각을 자극해서 커피에 대한 기대감을 상승시켜주고 있었다. 이 향긋한 커피의 향만으로도 이곳에 머물러 커피를 즐길만한 이유로 충분하다. 다소 좁은 자리였지만 사람들이 서로 양보하며 커피를 마시고 있다. 자리는 어느새 만석이 되기도 하고 홍콩 특유의 생활 방식 때문에 식사시간이면 어김없이 손님들이 갑작스럽게 더 많아지고 조금은 기다려야 하는 시간이 길어지지만, 그래도 회색과 파스텔 색조의 조화가 무척 마음에 들어서 다음에 홍콩에 온다면 꼭 이곳에 다시 들러 식사하고 커피도 마시며 천천히 더 즐기고 싶은 마음이 가득했다.

일본 카페 대부분이 그렇듯 이곳도 현금 결제만 가능했다. 이런 것을 한 번도 경험하지 못하고 방문했다면 이번에도 크게 힘들 뻔했다. 이제 어디를 가더라도 비상금으로 현금을 넣고 다니는 것이 익숙해져 카드 결제가 안 되는 카페도 있다는 것을 항상 염두에 두며 여행을 다니고 있다. 그러니 이곳에서 커피를 마신다면 꼭 현금을 준비해두는 것이 좋다. 아니라면 시장 한복판에서 은행이나 ATM기를 찾아 방황해야 할지도 모르니까.

카페를 나가며 바깥쪽 테이블을 바라보니, 흡연석인지 아니면 테이크아웃 손님을 위한 대기석인지 커피 스탠드인지 알기 힘든 곳이 있었는데 그냥 이런 풍경마저도 회색빛 홍콩을 여실히 느낄 수 있었다. 침사추이를 걷다가 배고프다면, 커피를 위한 공간이 필요하다면 들러보자. 후각과 미각의 즐거움을 느껴볼 수 있는 곳이 바로 이곳일 듯하다.

단지 이곳에서만 휴식의 즐거움을 느낄 수 있는 건 아닐 것이다. 앞서 방문한 26곳 카페 모두 로스팅 향기부터 우리에게 편안한 기분을 선사한다. 나에게 일상 속 기쁨을 준 만큼, 카페에 찾아가는 모두에게도 유쾌하고 안락한 시간이 되었으면 좋겠다. 그리고 몇 년 뒤에 다시 찾아가도 항상 그 자리에 있었으면 좋겠다. 바로 어제 만난 친구처럼 친근하게 반겨주었으면 좋겠다.

추천메뉴

50/50 에스프레소 블랜드

내추럴 빈과 워시드 빈의 조화가 잘 어우러져 에티오피아 특유의 향과 산미를 에스프레소를 통해 느낄 수 있다. 아메리카노를 선택하든, 라떼를 선택하든 이 향은 남아 있으니 취향에 따라 마셔보면 좋다.

베이컨 에그 샌드위치

약간 두꺼운 치아바타 위로 각종 채소와 베이컨, 에그, 치즈, 토마토 등이 있다. 생각보다 커피와 잘 어우러져 맛있게 먹을 수 있을 것이다. 또한, 얼마 전부터 아보카도 샌드위치도 개시하여 많은 사람이 찾고 있다고 하니 참고하면 좋다.

Maple Street Playground

Sycamore Street Playground

Hung Hom Station

Hong Kong Space Museum

ng Kong Convention and Exhibition Centre

N1 Coffee & Co.

홈페이지	www.facebook.com/N1-Coffee-Co-473097382816950
주소	Shop G, 34 Mody Rd, Tsim Sha Tsui, Hongkong
연락처	+852-3568-4726
영업시간	월~금요일 08:00~22:00 토~일요일 10:00~22:00
휴무일	연중무휴

바리스타는 왜 그 카페에 갔을까

바리스타가 인정한 서울·도쿄·홍콩 카페 27

초판 1쇄 발행 2016년 11월 9일
초판 2쇄 발행 2018년 2월 20일

저자 **강가람**
펴낸이 **이준경**
편집장 **이찬희**
편집팀장 **이승희**
편집 **이가람**
디자인 **강혜정**
마케팅 **이준경**
펴낸곳 **지콜론북**

출판등록 2011년 1월 6일 제406-2011-000003호
주소 경기도 파주시 문발로 242 파주출판도시 (주)영진미디어
전화 031-955-4955
팩스 031-955-4959

홈페이지 www.gcolon.co.kr
트위터 @g_colon
페이스북 /gcolonbook
인스타그램 @g_colonbook

ISBN 978-89-98656-61-4 03810
값 14,000원

이 도서의 국립중앙도서관 출판시도서목록(CIP)은 서지정보유통지원시스템 홈페이지(http://seoji.nl.go.kr)와
국가자료공동목록시스템(http://www.nl.go.kr/kolisnet)에서 이용하실 수 있습니다. (CIP제어번호: CIP2016026052)